日々のきのこ

高原英理

河出書房新社

日々のきのこ

目次

所々のきのこ

まるまるとした茶色いものたちが一面に出ていて、季節だなと思う。どれもきのこである。

親指大から拳《こぶし》くらいまでのがほとんどで、傘が開いた形でなく繭型で、ずぼんとしたのっぺらぼうの坊主頭が群れをなして雑草を押しのけ顔を出している。表面には毛のような、非常に小さい棘《とげ》のようなものが無数に生《は》えていて、このあたり、常《とこ》呂《ろ》森の樹間に生える種類はノモホコリタケと呼ぶ。ノモというのは発見者の名だろうか。ホコリタケには食べることのできるものもあるが、ここに出るのは若いものでも食用にならない。摘み取らず、見つければただ踏む。

ばふんばふんと踏んでゆくと、足下から白や黄色や茶色、そしてところどころ赤も青も、そんな色の煙のようなものが漂い始める。胞子だ。

丸い部分を頭とするならちょうど頭頂のところにぽつっと閉じたような箇所があって、踏むとそこが破れ、霧状の胞子がもくもくと出る。

変異が多く、子実体だけではわからないが、胞子の色に大変な違いがある。それによって白ノモ、茶ノモ、黄ノモ、赤ノモ、青ノモ、紫ノモ、緑ノモ、黒ノモ、などと分けてはみるが、しかし、焦げ茶ノモ、とか赤紫ノモ、とか、紺色ノモ、とか言わざるをえない色の胞子もあって、結局は無数の色胞子ホコリタケというだけで、すべてを厳密に区別はできないでいる。

見たことはないが、金ノモというのがどこかにあるという。

一度踏んでみたいものだ。

「ばふ屋」と呼ばれているが、正しくは「地胞子《じほうし》拡散業」、一応は行政機関にも登録のある職業で、ただし専業者はいない。季節労働者に分類される。毎年秋になると、森へやってきて、ホコリタケのたぐいを踏んでまわる。それによって地方公務員の一箇月分と等しい給与を役所から得る。

といって人の役にたっているとも思えない。昔から行われてきたので、なぜ必要なことなのかわからない。慣習である。だがこの「きのこ踏み」を行うとより多く菌が拡散し、きのこが繁茂する。

きのこのためにやっている。きのこは踏まれることを嫌わない。むしろ踏みつぶされることを待っている。その方が胞子をより満遍《まんべん》なく撒《ま》けるからだ。

ばふ屋は資格制ではないが、しばらくの期間試用すればすぐ向いているかどうか、わかってくる。たいていの人はまるっこいホコリタケを見ると踏んでみたくなる。だがそれを延々と数時間、何日も続けてやりたがるには何かの素質が要《い》るようだ。

　さらにまた、吸い込む胞子の量が膨大なので、身体的に耐性のある者でないと続かない。体力というなら男性のほうがあるという予見から、ばふ屋は男の仕事、とされたこともあったが、最近では胞子耐性に性別は関係ないとわかり、またこのところどちらかと言えば女性の率が高くなっていて、わたしも女性である。

　最近素質については理由が逆ではないかと思うようになった。

　自分は、ホコリタケ向きの体質性質だからばふ屋になったのではなく、幼い頃からこの森の近くでノモホコリタケの胞子を吸い続けてきたため、ばふ屋になりたいと思うようになったのではないか。

　微妙だが、ノモホコリタケの胞子を吸い続けると、どこか体質が、というか、それだけでなく意志や嗜好も含めた感受性、意識の傾向のようなものが変化する、ように思う。わからない。これまでの自分だけの気持ちだから比較のしようがない。

　だが、この、ばふんばふんと白い茶色い丸いものたちを踏み続けることのなにか脱力するような、いっとき人としての義務を免れるような、何の目的もない、何の達成もない、ただ永遠の今、永遠の過程だけでほこほこと喜んでいるようなこんな心持ちがどうにも、村で人として暮らす冬や春夏の頃の自分には見あたらない、それで、思うだけなのだが。

常呂森の近辺に住む人々には、この、人の役に立つわけでない風習に予算までつけて継続させることに抵抗がない。それはノモホコリタケの繁茂する地域だけに通ずる当然さ、なのではないか。

ノモホコリタケの胞子は確実にわたしの、そしてわたしの住む村の人々の体内に入り込んでいる。

菌類と共存というより共生しているのだ。人の意識にも何かの影響を与えるだろう、だが、仮に菌類が思考や欲望を持つとしても、それは人間に対して人間的な指令として感知されるものではないはずだ。菌たちに言葉はない。人間の意識が感じ取る、察する、そういう形ではない。だから、われわれの誰もきのこのためにつくそうとか、きのこを繁茂させると嬉しいとかそういったあからさまな菌類優先の意識・志向を持たない。飽くまでも自分たちの欲望願望とその充足のために生きている。そのつもりである。

ところが、たとえば美味なものを食うのが喜びであるように、よい性的体験やよい酩酊《めいてい》や心地よい気候や面白い話や、そういったことに並ぶ愉《たの》しみのひとつとして、わたしにはノモホコリタケを踏み続ける行為があるのだ。およそわれわれの間ではそうなっている。そんな中でもとりわけきのこの望みに沿う欲望をより多く仕込まれた者がわたしのようにばふ屋になる。違うか。

菌類は強制しない。人が人にやるような無理強いや陰謀めいた操作はしない。ただ、身体的な反応をもたらすかも知れない何かを発している。それによってわれわれ常呂村に住む者たちにいつのまにかきのこを踏むことが快楽のひとつと、長年にわたる身体の感じ方によってなんとなく教え、なんとなく学ばせたのだ。胞子を吸いこみ続け身体に胞子をため続けているうち、微妙な気持ちの変化として、いつからかきのこを踏みたいという嗜好《しこう》が形成された。

きのこを踏むことがどうしてこんなに楽しいのだろう。なぜこんなに踏みたいのだろう。それはきのこたちが望んでいるからだ。人が、ではなく。

わたしたちの村には、何十年も繰り返され続けている言葉がある。今でも口にする人が絶えない。またかよ、と、くどさを厭《いや》がられることもない。

きのこ踏みにゆくとき、「胞子活動ですからね」と言うのがそれだ。

胞子に奉仕しにゆくのだ。

今日も見つけては踏んでいると、所縁《ゆかり》谷の中ほどを横切って括《くく》山へと続く黄色い帯状の群生にぶつかった。

二十センチ内外の幅で延々続く黄色いきのこの列だ。ホコリタケとは種が異なる。高さはどれも十センチを超えていて、ものによって十五センチ近くもある。ホコリタケより随分丈がある。そしてひとつひとつくっきりと小さいパンのような半球形の傘がある。支える柄は、傘と柄の区別のない楕円形のノモホコリタケに比べると細長く、太さ二センチ内外、そこにやや重そうな丸い頭が載る。

上から見た傘はどれもほぼ真円形で、直径は三センチから五センチばかりと見える。色が鮮やかな明るめの山吹色で、とすれば、これは延黄金茸《のぶこがねたけ》と呼ばれるものではないか。話に聞いたことがあるが実際に見たのは初めてで、これだけ長くばふ屋をやっていてまだこの一回である。伝説のきのこだ。金ノモには未だ出会わないが金茸には今日出会った。

これも踏んでもよいのだが、ホコリタケと違って、いくら踏んでもあのほくほくの色煙が出ないことがわかっているので興がわかない。

だが色があまりに明るく目立つので眼を奪われて、足元から山へ向けて続く先を眺めてしばらくいた。黄色い線が真っ直ぐ延びている。どこまで続くのだろう。

そこへ後ろからそこりそこりと景気のよくない、ばふばふと踏みこみをしない、歩くだけの足音がしたので振り返ると、焦げ茶色で厚手、少し毛羽立ちのある、柔らかそうな上着と、同じ色材質のズボンを着て、黒いニット帽をかぶった、大柄な男性が近づいてきた。上着にもズボンにも沢山のポケットがある。レンズの丸い眼鏡をかけている。端々が擦《す》り切れた大きな灰色革のリュックサックを負い、リュックの周囲に金属のカップやらロープやらいろいろひっかけて下げている。片手に登山用の杖を持ち、薄茶色のブーツを履いていた。

「やあ、かぜよくて幸《さいわ》い」

と低いめの声で挨拶をするので「これもそれも」と答えた。

森や山の中で出会う相手にはどこの地方のそれでもよいからとにかく言葉をかけ合うのが決まりである。身の半ば以上菌糸となって人間より菌の度合いが多くなった人はそうしたやりとりをしないと聞く。が、「綴《と》じ者」といったか、このあたりでそういう菌人《きんじん》は見かけない。

全身濃い茶の男性はこの一帯の決まり文句を知っていた。風が多い、日々胞子の飛ぶ、括山麓《くくりさんろく》の土地では、風のよい日とか悪い日とか言い合うのが挨拶の代りである。

見たところ、同じ土地の人ではない。ただの散策にしては背のリュックが大きく、ブーツが強靭《きょうじん》そうで、また全体にやや薄汚れた感じもあって、こうした山谷を旅する人なのだと思った。

「これも幸いです。あなたは、延黄金茸の示し道に出会えた」

この黄色いきのこの列は示し道というのであるらしい。

顔を覗《のぞ》き込むようにして、心持ち身をかがめ、その人は言う。

「ごらんなさい」

指さす先は延黄金茸の作る黄色い帯の一方で、この相手のやってきた側だ。高低のない谷の間を同じ一本の黄色い線がどこまでも続くと見えたが、よく目をこらすと、遠くの方で途絶えている。黄色の鮮やかさが距離とともにだんだん失われていって、ぼんやりとした黄土色になり、その先で雑草やホコリタケと区別がつかなくなっている。

胞子の霧が視界を曇らせているのではあろうけれども、しかし、確かにあるところで黄金の線が切れていた。

「示し道はできて半日もたつと溶けて地に吸い取られてしまう。だから、この道を見ることができるのはとても稀《まれ》なことだ。あなたは運がよいよ」

そうだな、こんなものを見ることができたのは。ふと思いついて問うた。反対側

を指さして、

「でもこれ、あっちにも延びてますね、先の方も消えてない。あちらへあちらへ、どんどん延び出てるわけですか」

「そうだ。この示し道は西北西へ進んでいる」

「どうしてですか」

「このきのこは星を追って生《は》える」

その人は言うのだった。

「空に流星が来るとき、これが生える。流星の進む方向へ、次々と、流星の後を追うように黄色いきのこの帯が生え進んでゆく。だからこの道を辿《たど》ってゆくと果てには隕石《いんせき》が見つかるだろう。わたしはこれを流星茸《りゅうせいたけ》と呼んでいる。空の星に反応して生える。生え続ける。そしてしばらくすると生え始めた処から順に消えてゆく」

緑の大地に果てしなく延びてゆく黄色いラインが想像された。ある方向へ向いて、次々に黄色い丸い傘の群れが伸び出してくる。その追う果てに大きな隕石が落ちる。隕石はどんな色形だろう。黒いか。赤いか。鉄のようなものか。丸いか。隕石には外の世界から来た胞子がついているかも知れない。

「流星茸の菌糸は地中のどこにでも含まれていて、ときを待って眠っている。条件が揃《そろ》えば生え出る準備が地の中にある。空の流星がスイッチになる。大地が反応するのだろう。自身も星のひとつであるこの地球は、地表に外の星が近づいて来ると僅《わず》かに何か変化を示すのだろう。地面が起こす、不意の気がかりのようなものがこのきのこを実らせる。追う意志が弱まると消える」

と言いながら、懐から紙に包んだ何かを渡してきたので、こちらからは塩の結晶を入れてコルクの蓋をした小さい瓶を返した。塩は渡し物に便利なので幾つも用意しているのだ。

このあたりでは「行《ゆ》か得《え》」と言うが、地方によっていろいろに言い方があるようだ。初めて会う人ごとに何か交換できるものがあればするという意味は同じである。

すると、

「早くしないと消えてしまう。ここで失礼する」

そう言って、焦げ茶色の大きい人は黄色い筋を辿って行った。

杜《と》鞍《ぐら》森に行こうと思った。

なけなしの金で山歩きの装備は整えた。リュックサックに数日くらいはかつかつ食える分の固形食糧とペットボトル入りの水を入れて背に負った。虫刺されは嫌なので長袖長ズボン、帽子を用意し、登山靴を履いた。

もし誰かに遇ってもこれといって渡せるような貴重な物はないので、メモ帳と筆記用具を持った。必要ならば一言書いて渡すつもりである。熊は出ないし出てもまず攻撃不能だろうからホイッスルやスプレーはやめたが、アーミーナイフは身に着けた。夜用のヘッドランプをリュックに入れた。手には登山用のトレッキングポールをダブルで持った。歩くのが楽になる。

私鉄緑郷《ろくごう》線深與《みくみ》駅だそうだ。最寄り駅の名前だけでこみ上げてきそうである。駅で降り、市街地をゆらゆらと抜けてバスに乗ると、だんだん山中に入って行って、見えてきた。

傘の直径十メートルばかり、高さ二十メートル以上はあるだろう大きのこの林立する中をバスは進み、杜鞍口《とぐらぐち》という停留所に来たので降りると告げた。

降り際、

「一言伝えることになっています」

と運転手が声をかけてきた。

「考え直した方がいいですよ」

それが杜鞍口で降りる客への助言であるらしい。

はい、とだけ答えると、それ以上、運転手の言葉はなかった。

バスが扉を閉ざして行ってしまうと、しーむしーむと遥かな茸鳴《きのこな》きだけが耳にある。

赤い字で「杜鞍口　とぐらぐち」と書かれた丸い表示板を支える柱が立つだけの停留所で、待合のための小屋も椅子もない。

ここで降りる人はいても待つ人はいないのだと思った。

表示板のある側に延々続く高い鉄柵があるが、壊されて大きく開いたところがあり、そこから細い道が森の奥へ延びている。

入り口には大きな手を広げたような広葉樹が群生している。よく見るとどれも根元に黄色い柔らかそうな茸《きのこ》がいて、何の怖いこともなさそうに繋っている。食べても問題なさそうに見える。

愛想の良い店員のいる店先のようだなあと思いながら、そう言えばこの黄色いのはタモギタケだろうか、こちらにあるひらひらした白いのはハナビラタケかな、ベージュのはホウキタケかな、などとすっかり物見遊山《ものみゆさん》の気分で進むと、少しずつ菌の様相が変わってくる。だんだんと黒いもの、大きいものが見え始める。これは見たこともない大きなスッポンタケだ。臭い。そして猥褻《わいせつ》だ。樹の種類も違ってきている。名には詳しくないが、ここらに多いのは橅《ぶな》の樹だろうか。常緑樹も混じる。

さらにさらに行くと、ちょっと見たことのない、大きくて太いのに曲折に満ちた異様な樹が絡み摑《つか》み合うように続いていてジャングルのようだ。葉も細かく枝を覆う形で、そこにあちこちはびこる地衣類《ちいるい》が緑の髭《ひげ》とも見える。枝からは縄のような蔦が下がる。丸い蔦の葉には黒くてつぶつぶした昆虫が這《は》っている。身をかがめ、大きな根を乗り越え、まだまだ奥へ行く。

組み合ったように周囲を囲む木々と葉群《はむら》、苔《こけ》、背を越すような大きな羊歯《しだ》があり、ここまで来ると空が見えず薄暗い。

すると足元に、あった、これだ、直径は三十センチくらい、灰色の、表面は濡《ぬ》れて見える。本当に写真で見たとおり、脳のような、ぬるりとした皺《しわ》のある塊が、ぼとぼと上から落とされてきたようにあちらにもこちらにも出始める。

これはトグラアミガサタケというものでアミガサタケの種類なのだが、その外観から「脳茸《のうたけ》」「脳菌《のうきん》」と呼ばれている。名にこの地名があるとおり、ここにしか生息しないと見られている。

大変な苦労をして写真に撮った人がいて、それが世に広まり、知られることとなった。その苦労というのは、脳茸に触るだけでも皮膚から毒が浸透するばかりでなく、その毒というのが揮発性で、近くで息をすれば吸い込み、長くいれば失神し、ときに死に至るため、スキューバダイビングのさいのようにゴム製のスーツで全身覆い、酸素ボンベを背負って撮影したとのことである。

もともと杜鞍森は近隣の住民が絶対に入ってはならないと取り決めていた地で、それが近年の宅地造成で山近くまで住宅が増え、中に気楽なハイキングのつもりで山に入っては戻ってこない人が出始めた。遂に行政による調査が決まり、それによっても何人かの犠牲者を出したというが、こうした苦労の結果ようやくわかったのは、杜鞍森の奥には特殊な毒きのこが群生していて、これは近寄るだけでその発する気体によって人を意識不明に陥《おとしい》れ、そのままだと死ぬか、もしそこから戻っても障害が残るということであった。

それで立ち入り禁止区域とされたのだが、今はどういうわけか、入口を塞ぐ柵の破損が補修されることもなく、「危険」「立ち入り禁止」などと書いた立札もなく、誰でも森に入ることができる。

トグラアミガサタケの危険性が明らかになった頃は盛大に入山禁止の看板を立て、人が踏み込みそうな小道の入口には鉄柵を巡らしていたのだが、その注意喚起がかえって宣伝になってしまい、森へ入って帰ってこない人の数は増えたという。

それというのも、トグラアミガサタケの発するガスは催眠性で、死に至るまでの間、夢見心地でいられると伝えられたからである。

こうして死にたいが苦しみたくはない人々が殺到した。どれだけ柵を強化しても禁止の文言を増やしても、その数は減らなかった。本気で入ろうとする人はもう戻ってくる気はないので、仮に刑事罰が予告されたとしても躊躇《ためら》いはしない。柵を壊し、鉄線を切り、金属板に穴を空け、どんなことをしてでも「楽な死」を求めた。

しばらくは行政からの立ち入り禁止通達と実際にトグラアミガサタケの毒で死ぬのは大変苦しいのだという告知が続いたが、この頃にはトグラアミガサタケの有毒成分がより詳細に知られ始めていて、それはある種の麻薬に近いというので、誰も「苦しい死に方」という公式発表を信じなかった。戻ってきた人がいないので実際にはわからないのだが、期待をもってそれは至上の悦楽であろうと言われ、来訪者が一層増えた。

数年前から行政は杜鞍森に関する情報開示を停止した。理由は明らかにされていないが、ことさらな危険の公表が安楽死可能場所告知の意味にしかならないと判断されたからだろう。それとともに杜鞍森の管理も放棄された。

地方行政としては結果の出ない虚しい努力に予算を計上することを中止したからか、あるいは「自殺を禁止するより自殺の必要ない社会を」というスローガンを掲げた新政党勢力の全国的伸長によるのか、経緯はわからない。

少し前から菌人すなわち「綴じ者」と呼ばれる半ば以上菌に侵された人々が我国人口の半ば以上を占め、それとともに「人権」の考え方が変わってきたからだ、と有名な学者が書いていたが、これも証明された話ではない。

今では禁止看板は撤去され、破れた柵はそのままとなっている。その制限の最後の名残が、バス運転手の言葉というわけである。

では森にはさぞ沢山の死体が今も残っているだろう。おそらくは速やかに腐敗分解し、骨だけになっていることだろう。

あった。あった。ここにも、ここにもだ。こんにちは。こんにちは。こんにちは。薄汚れた丸い頭蓋骨がいくつも転がっている。次に目立つのが鳥籠のような肋骨《ろっこつ》で、後は脚の骨、腕の骨。意外なところに顎だけあったりもする。おおむね白いが、くすんで、泥にまみれ、皮膚が干からびて残っているところは汚い茶色いゴムを被っているようだ。横たわっているものが多いが、石に座った形がうかがえるものもある。衣類は破れながらもまだ大方被さっていた。

リュックのたぐい、トレッキングポール、なぜかカメラ、テントらしいものまで見えた。

顎が取れない状態で口を開けた髑髏《どくろ》などは笑顔のようだ。

皆死んでいなければそこそこ楽しいキャンプ場だなあ、加わるかなあ、皆、ハローハロー。

一帯の地面は濃緑の苔に覆われていて、案外ふかふかの心地よい、足元、足許、森原産の大きなゴキブリがハロー。フンコロガシ、ハロー。大きな百足《むかで》もハロー。きっと苔の下には大蚯蚓《おおみみず》がハロー。もっと下には菌たち菌たちのむじゃむじゃに絡まった菌世界が発光してハロー。見上げれば緑の苔ハロー、樹に上った形の何かハロー。あれは人なのか獣なのか、ナマケモノはこんなところにいないと思うが、ぶら下がってハロー。

はっと葉群《はむら》がゆれゆれて、樹間を吹く風のハロー。友達よみんなゆれゆれてハロー。

脳茸脳茸。脳茸。脳茸。灰色の脳茸。たくさん考えている様子で、驚くべき推理を聞かせてもらいたいのに、口がなくていかにも無念だ。ここのはどれもどれも五十センチ径はありそうで、もっと先にはきっと一メートルくらいの、いやもっと先には十メートル級の大脳菌が、世界と同じ大きさの夢を見る。

枝から下がる多数、目玉茸《めだまたけ》もあり、むしりとってそこらの頭蓋骨の眼窩《がんか》に入れてみると、おや、こっちを見ている、くるりくるりと眼を回してみるとおかしいが、ウインクできなくて残念残念。

すぐ手前にはおいしそうなハナイグチが濡れたようだ。フウセンタケぽこんぽこん、群生マスタケ、白くて清らかなスギヒラタケ、だが、あの派手で雄大な大茸《おおきのこ》も、綺麗なベニテングダケも、ここにはなくて、ふん、われわれは筋の悪い場所に根を下ろす気はない、とな。

代わりに、いるではないか、頭蓋骨に、這《は》い茸《たけ》がうねうねといくつも、ははあ、カルシウムだな、骨のカルシウムを喰っているのだな。這う所はなんとなく白くて綺麗になっている。どれ、ひとつ取って口に入れると、うん、ぐっちり。随分前からマスメディアで広まり、這い茸を味わうときの表現は「ぐっちり」と決まっている。

口中に染み出る汁はきっと骨の味だ。横たわる人の見る夢の味だ。

と思うと、がやごよしたものが近くにいるらしい。がやごよ。

なんだろう、どうしたものかな。

おやこんにちは。ハローこんにちは。ニーハオこんにちは。どなたか存じぬが。
はいありがとうございます。これので。手ごろな、石ですね。少し苔ついてますね。
いただけますすんですね。はい貰《もら》いました。
ちょっと待ってくださいね。メモ帳を出します。ペンを出します。はい書きます。
書けました。他に何もなくてわたくし貧しうござるでさしあげるのは言葉だけで
失礼つかまつりまいす。

たわけの技を倣《なら》うなり。夕刻までの一代《ひとよ》かな。

そう書いて、このメモを渡します。どうかどうか。
受け取っていただけましたか。はいありがとう。お元気で。よく生きておられま
すね。でもきっとあなたにはこの言葉が合いますよ。
わたし実はほんの少し詩人でしたのでなんか見どころあれば嬉しく思まいす。
さようなら。行ってしまったかな。かな。かな。あれはどんなお人だったかなあ。
かなあ。かなあ。
手に小石。手にある重みの恋し小石よ濃意識《こいしき》なあ。

と思ったところで、だが急にやってきた。安心の爆発というものがあるならそういう状態である。もう何があっても絶対素晴らしい。一生分のほっとした気分があたり一帯に撒き散らされた。こんな安心、生きては得られないなあ。ないなあ。なあ。

あふん。

あふんの呼吸である。ほほいいのである。

ほっとするあまり、眠ったのだと思う。腰をおろして少し背を曲げ、うずくまるような姿勢をとったときにまたも沢山の黄色いきのこのようなものが見えた。眼は閉じていただろう。外をうかがうより早く、眼裏《まなうら》を覗き込んでいた。無数のぼこぼこした丸いでっぱりがそれぞれにわやわやと蠢《うごめ》いていた。はあ丸いはあ黄色い多いはあ動いている、と当たり前そうに見ていると自分の身も揺れ出した。揺れ方が意外なほど緩やかだった。ふんわりしていた。

寝ながら思った、眠くなってきたな、どうしたものかな、眠りながらまだ眠い。どれだけ眠ったら睡眠中の睡眠不足が解消するのか、眠いことよ。

ではもう少し先の大きい岩に腰をおろして、背を丸め、くらりくらりとうたた寝でも、背もたれがほしいものだ、と手のポールを交互に進めながら足を進めると、何か大きな段差のようなもの、それはきっと苔で覆われて見えなかった穴のようなものに足をとられたのだ、いってんてんと転がって、だが幸い、ふかふかの苔がクッションとなってあまり痛くはない。

立ち上がって、ポールを置き、右手でぱんぱんと衣服を払い、横ずれたリュックサックを肩にかけ直し、依然、どうしたものか、は続くのだな。と思ったとしたとき左手が摑んでいるものを意識した。

どうしたものか。

どうもふかふかしい苔の上に投げ出されたとき、とっさに摑んだ小石らしく、いやいやいやいやいや違う。渡し物だ。この手にある適当な大きさ重さの少し苔のついた小石は、あの、さっきの誰かが、渡してきたものだ。こちらからも何か渡したはずだ。

ちょうど掌《てのひら》に入るくらいの楕円形の、表面におうとつの多い、手触りで言うと細かい皺の寄ったような石で、石の皺、という言い方が、意志の死は、と思えて、そのまま捨てることができない。

なら指先に絡むような皺の表情をよく覗いてやろうと思って、せめても天からの薄光を求めて顔の上に掲《かか》げた。

相変わらずなにかがやがやごよごよしたものが周囲にいるように思えてならないが、無視して足元から首まで薄暗い中、指でつまんだ石を顔の前まで近づけて見た。頭上からのほのかな光で、影が強調されて見える。

石に浮かび見えた迷路のような模様は、初めて見る形なのに、いつか遠く望んだ、激しく尖《とが》る岩の間に深々と暗い谷の続く山容にも思われる。

その硬い皺めいて醜い岩肌の深い亀裂の底にはまざまざと蠢く幾多の甲虫たちが、そして脚の多い這うものたちが無数の触角を突き合わせ、数千の複眼がつぶつぶと光り、燐光《りんこう》に包まれているのを見れば夥《おびただ》しい、ああ見える、黄色い茸《きのこ》の群れが広がる。茸たちは黄色い波のように頭を揺らしていた。その脈を辿るように見上げては、困苦しながら少しずつ急な傾斜の岩を登りあがり、また亀裂の中を辿り、何度も曲折を経てようやく影を越えると、遂に頂まで極めた岩山の、さらに彼方には白い鳥の影が見え、迫りくる黒雲が見え、羽ばたく翼には今しも激しい雨が降りかかる。

雷鳴が轟《とどろ》き、木々が揺れ、だがやがて晴れ渡るとそこに瑞々《みずみず》しい湖が現れる。雲間を抜ける陽光に白々とさざ波立ち、静かに大きく広がる水の真中には勾珠《まがたま》のような形の島があり、ひたひたと波の寄せる水辺に、会ったこともない髪の白い長い、背の高い、異国の女が立ち。両の手を胸元で合わせ、眼を閉じ、異様に赤く生々しい口を開いて、その人は異国の言葉で何かを告げている。意味は知れないが、しかし、私にとっても重要な言葉であるように思われてならない。そんな気懸り心惑《こころまど》い。島にも夥しい、白いそして青い、茸の群生が模様のように美しく、そしてそして、そのただ中で異国の女は胸に重ねていた手を広げ、ゆっくりと開かれてゆく右手には、小さな、透きとおった、ガラスか何かの指くらいのものがあった。

全世界が安心と不安の斑《まだら》模様になっている。その渦の中心に、透きとおった、それがある。ある。

ようやく、待っていた、ようやくだ。

一〇八型の粘菌《ねんきん》持ちはつらい。毎日毎日が、敏感と鈍感に苛《さいな》まれる。体表を覆う粘菌の変化が予測できない。

ある日は全身からぞわぞわと細かい触手が延びて、それがひとつひとつ感覚器なので、音も匂いも色も、周囲のものの感覚が何十倍にも拡大されて、外部のどれも痛いように強烈で、寝ることさえできない。

絶え間無い轟音《ごうおん》と酷《ひど》い臭気を感じる。適度ということがないから、よい音よい匂いというのがない。目には強い色が嫌で仕方なく、ちょっとしたものの先端が異様に鋭く見えたり、僅かな風が身を傷《いた》めたり、何かに触るだけで痛みを誘う。肌が全部粘膜になったような感触だ。こらえ難くて、しかしこんなときは何をしても身に激烈な反応がくるので、一切の刺激から遠ざかって暗い室内でそっと身を縮めているほかはない。それでもがやがやと外の方が煩《うるさ》い。そのうち何かの都合でときおり周囲が静かになるが、いずれ必ず、突然、けたたましい物音が耳を突く。このいきなりが一番耐え難い。

かと思うと、表皮が固く甲羅のようになって、音も匂いもほとんど感じられず、視界も分厚い膜で覆われたようになる。関節が曲がりにくく、なかなか動けない。身動きとれないまま、墓に埋められたように息苦しい。土偶になったようだ。これでぶつかり合いのような競技でもすれば強いかもしれないが、ほとんど動きがとれないので、倒されたら倒れたままだろう。不如意ばかりが募る。

こんな極端なことでなく、ある日は視覚だけが飛び抜けて強度を増し、またある日は盲目同然、あるときは光に眼と肌を焼かれるような気がしたり、あるときは絶えず呟《つぶや》き声が聞こえたり、全くの無音の中に放置されたり、全身痒《かゆ》くて仕方なかったり、勝手に身体が動いて困惑したり。あるときはどこへ行っても卵焼きの匂いがしていたり。一日、口中にチョコレートの味がしていたときや葡萄酒《ぶどうしゅ》の味がしていたときはまあ悪くなかったが、苦艾《にがよもぎ》のときは困った。

やたらものごとが可笑しく感じられ、誰に会っても「おめでとう」と言ってしまうことがあったが、そんなではたとえば葬儀の場には絶対出られない。

すべてが苦痛とならないにしても、大半はあるべき感覚が狂うのでとても混乱し、しかも昨日ようやく慣れたと思ったことが続かず、今日はまた新たな感覚の狂いが始まる。確認される二、三の周期的特性以外は規則性がなく、どんな身体感覚の狂いがいつ発生するか予測できない。

また見かけも、ある日は全身泥の塊に見え、ある日は真っ白な毛で覆われたように見え、あるときは銀の鱗《うろこ》、あるときは赤い爛《ただ》れ、あるときは青い石化、と表皮の変化が著しい。粘菌は、あるときは植物のように生《は》え、あるときは動物のように動き、絶えず形を変容させている。形だけでない。細胞組織そのものの質を全く変えてしまう。自分の表皮が日々、異なる生き物になっている。そのもたらす結果から、毎日初めての病状に接する気がする。

耐え切れず、自殺する者も全国で年間数千人と聞く。だいたい一〇八型粘菌保持者の六割程度と聞く。

私も日々、かろうじて正気を保とうとしているが、ときおりは危ない。

一〇八型粘菌は体表に付着し、寄生主の汗と老廃物を養分に活動するが、内臓は侵さない。比較的安全で共生可能な粘菌とされるが、一〇〇系統の粘菌の特性として、神経に強く接続してしまうので、あらゆる感覚器がこれに左右され、さらには脳にまで影響が出る。粘菌の考えや意識などは知れないものの、なんとなく、自分に寄生している者たちの総意のようなものが伝わってくる。雨が近いと機嫌がよい。大方は陽の下が嫌いである。ある種の菌人とはひどく相性が悪い。やたらにこの世界がうとましくなる日もあって、それは粘菌の何割かが死滅して新たな組織と交代するときらしい。

この体表寄生粘菌を駆除する方法はこれまでなかったが、今から五年前、ソルジブ12という強力な薬剤が開発され、遂に寄生された人間に影響なく粘菌だけを死滅させることが可能になった。

私も一度はこれでの治療を考えた。だが、よく考えた結果、治療は行わないことにした。そして、私と同じ選択をした者が少なくとも何百人かはいるという。ただしそれは一〇六から一一五型の粘菌保持者に限られる。

前夜、ひどくそわそわした。今日も朝から気分が違っていた。これは来るのではないかと思っていたら、来た。

それは手先からくる。指に概《おおむ》ね白い無数の棘が生え始める。棘はみるみる伸びてゆく。触れれば弾力があって柔らかい。棘はある長さに達すると伸びるのを止め、横に平たく広がり始める。細長い木の葉のような形になってゆく。中央に一本、軟骨のような芯があって、その周りを平たい板状の部分が囲む。平たい部分は膜のように見えるが、実は組織間に微細な隙間があって、空気を一方向にだけ通す、弁のような機能がある。鳥の羽と同じだ。

指先から始まって、両手から肘、そして脇まで、場所によっては数十センチにもなるような長い、これは、粘菌の作る子実体である。私は勝手に「擬羽《ぎう》」と呼んでいる。擬羽がびっしりと隙間なく生え揃う。それは肩にも背にも生え広がる。両腕が最も甚《はなは》だしい。胸や背のあたりは擬羽ひとつひとつの長さが比較的短く、身体の形が見分けられる。

首にも顔にも生える。そのあたりもいつもの粘菌の振る舞いだが、とりわけこの擬羽は顔をカーニバルの仮面のようにしてしまう。

全身が白い羽に覆われた形になると、次には、特に両腕に、パルスのような衝撃が始まる。それはぴくんぴくんと断続的に肩と上腕の筋肉を痙攣《けいれん》させ、しばらく躍るように跳ねている。

粘菌が神経と汗腺を通して、筋肉を変容させているのだ。粘菌の組織が皮下に入り込んで、短時間で一気に筋肉を増強させている。しかもボディビルのそれとは違って、見た目はあまり大きさを増していないのに強度が何倍にも増す。両手と肩、背が鋼鉄のように強靭な筋肉をまとう。

こんな症例はかつてなかったはずだ。だが粘菌は賢い。宿主の身体的条件に合わせて、その最も効率の良い変化をもたらすよう、短期間で進化したのだろう。

衣服を脱ぎ去ると、おびただしい擬羽が身を隠していて、性器も見えない。しかも保温がよいので寒くない。

こうして私は全身擬羽に覆われ、背と肩と腕の筋肉を増強された人間以外の何かになる。

変容の間にいくつか準備を整え、大きめのウエストポーチを腰に巻く。後のための配慮で、中に衣類と靴、身分証、財布、メモ用紙、筆記具、ペットボトル入りの水、乾パンが入っている。自身は裸体、裸足である。ポーチだけが人間の名残というわけだ。

全変容が終わったとおぼしい頃、外へ出る。普段、括《くく》り山の山頂近くの山小屋住まいである。一にかかってこのときのための山住まいである。

周囲に私にとっては適度と思われる高さの巨菌《きょきん》が杉や檜《ひのき》にまじっていくつもある。巨菌は何十メートルもある太い柱のような柄の上に大円盤を載せている。下から見上げると灰茶色をした無数の襞《ひだ》が周辺から中央に向かって集中している。大きな傘がときおり風で揺れると、ぐぁらんぐぁらんと音もしそうだ。そのたびふかふかと綿帽子のような細毛に包まれた胞子が降りてくる。

気に入りの巨菌のあるところまで来たので、しゃがみこみ、しばらく肩と背を細かく動かして温めた後、一気に飛び上がりざま、両腕を大きく広げ羽ばたかせ、空気をかきわけて上昇する。

今の私の腕力は一秒に数十回の上下運動を可能にする。そのとき擬羽は上から来る空気を通し、下に来た空気は通さないので、空気の圧力に乗って見る見る高くへ上がる。

巨菌の傘の上まで昇ると、下からは見えなかった傘の上面の色が鮮やかな赤であることがわかる。いくつも白い斑点がある。種はよく知らないが、見たところ、ベニテングダケが巨大化したものと思える。

左右の塩梅《あんばい》を取りつつ羽ばたきを緩やかに静めると、少しずつ旋回しながら下降し、大きな赤い傘の中央あたりに降りた。

このあたりでは一番高い位置にいる。眼下に杉檜の樹々と葉叢《はむら》、岩、そしてこの茸ほどでない巨菌が綺麗に並ぶ。赤い傘と白い傘とがある。ところどころ黒もある。巨菌の傘の形はどれもベニテングダケと同じで半球の円盤型だ。上から見ると緑の海の中に丸い赤・白・黒の島が盛り上がっているように思える。

遠くに山脈が聳《そび》える。西の都市部には鋭い建物がつくつくと天を指差して、合間を曲線的なハイウェイが縫っている。空は晴れている。雲が少なく、眼も染まりそうに青い。太陽が輝かしい。

粘菌たちはわかっているのだ、雨の降りそうな気候のおりにこの変容は起こらない。晴天の、一年の内で最も気分のよい乾燥して晴れた時期をうかがっている。それは最終的には、より広く胞子を撒くためなのだが、その思惑が私に快感をもたらすことにもなる。普段は湿度の好きな粘菌たちが、乾燥した日を選ぶ。それは私にとって最も気持ちよい日でもある。

四方を見渡し、気を引き締めると最後の作業に入ることとした。あまり長く眺めているわけにはいかない。

方向は。風は。確かめた上で西北西に向いた。

もう一度深くしゃがみ込み、そして飛び上がる。両翼を緩やかに大きく羽ばたかせて風に乗った。

思い切り上昇すると地域が一層俯瞰《ふかん》される。地形がわかってくる。遠い川の薄青い流れが陽に光った。風が頻にある。

もうここまでかと思えるくらい高くへ上がり、羽ばたきをやめ、両腕を大きく広げて滑空する。風の流れに任せて僅かずつ高度を下げてゆく。この快さは何にも代え難い。

私が体表共生粘菌を駆除しないでいるのは、およそ一年に一度だけ、たった三十分程度、空を飛べるからだ。三十分経つと粘菌は再び変容してしまう。

それまでの間、私は心ゆくまで空を滑る。やや高度が足りなくなるとまた羽ばたき、上昇、そしてゆっくりと下降、そうしたことを繰り返し、括山山系一帯の空を飛翔する。

左手側、山の斜面に近く、丸い袋が無数に集まった塊のようなものが浮いているのが認められた。中にガスを含んで浮揚する菌の子実体だ。もとは人間だったが、この状態になると八割以上が菌であるはずだ。それが宙に浮かび、ある高さまで来ると爆発して胞子を撒く。普段にも、たまに空を浮いてゆくのがいる。大抵灰色か茶色だが、今見えるのは青い。空の色をしている。珍しい。

と思い、近づいてゆくと、ぼかーんと大きな音をたて、爆発してしまった。するともくもくと青い煙が広がった。胞子も青いのだ。

粘菌は他の胞子を好まないから身にかからないうちに遠ざかることにした。あの菌袋の浮いていたあたりはしばらく青く染まるだろう。

もっとずっと遠くには飛行機が白い雲を引いてゆくのが見える。併走《へいそう》して手を振ってやったら面白いかと思うがマッハ近い速度の機械にはかなわない。

眼下に集落がある。ここら一帯はホコリタケ村と呼ばれ、ノモホコリタケというさまざまな色のホコリタケを踏んで胞子を拡散させることを職業とする人々が住む場所だ。

集落の周りには多彩な色合いの霧がただよっている。それらすべてホコリタケの胞子なのだ。

風向きが変わった。今日は少し乱れている。予測しにくい。なだらかな空気の動きに沿って流されるように浮いてゆくのがこつだ。下降しすぎるようなら羽ばたく。自転車で坂道を下るのに似ている。坂が上りになると懸命にこぐ。下りになると力を抜いて降りるに任せる。

息は切れていない。粘菌のもたらした筋力が飛ぶことに集中している。あわあわと意識が空の色に染まる。明るい、遠い、そして高い。人の望めるこれ以上はあるか。

今を喜ぶそれが三十分であっても、これを捨てる気になれない。

たわけの技を倣うなり。夕刻までの一代かな。

誰の詩であったか、いつか、交換した紙片に記されていた。何ものがないときは紙に言葉を書いてそれを交換物とする。愚かな語もあればいつまでも心に残る語もある。

少し逆らって、風に、物申すようにして、急角度で上昇した。そうだもっと行こう、忘れた心地を見いだせないか。いつも待っている。風を切る。そして風を着る。陽が向かう先にある。いつか眼に紗《しゃ》のかかったときのように、強い陽光に耐えていられるように、だがそれは眩《まぶ》しくて、結局眼を閉じざるをえず、閉じても陽光の染み込む瞼《まぶた》を赤く感じながら、今、全くの空中にいることの、さやらか、ゆららか、そして厳しい重力をどこまで振り切ろう。尖った気持ちが空気を分けてゆくだろう。

背後に去った空気はわが家来となって私を押し上げてゆくだろう。これほども高く上がったことはなかった。

これが五度目だが、思えば四度までは、どこかに用心があって、空を昇りつくそうとはしなかった。行けば行くほど。夢と記憶の端々が小さな釘《くぎ》のように突き出ている。先端には細密な細工が、緑や赤や、灰色の、歯車や星型や、動物の形もあれば、親しい人の似姿も、空の上ではそんなものまで見えるか。意識の奥から外から、隙間風のように入り込んでくる。

幼時、空飛ぶことなど知りはしなかったはずが、人以前の記憶だと言えば安易に過ぎるか。遠い。高い。

至福の時間は続かない。遂に崩落が始まった。

下腹のあたりの擬羽から黒く変色し始め、次いでぼろぼろと崩れ落ちてゆく。まず身体の前面、つまり飛翔のさいなら下面にある擬羽が崩れ、胞子を落としてゆくのだ。それは下腹から始まって、次第に胸まで至り、だんだんと崩落部が広がってゆく。そのうちに背中の羽毛が崩れて風に散ってゆくのがわかる。

両腕の擬羽は最後まで残るので、かろうじて飛び続けるが、それも壊れ出すと飛行不可能となっていって、地上に降りることとなる。腕の羽の崩壊は少しずつなので急激に落ちることはない。かなりの操作は要るが、やり方さえ間違わなければ、つまり無理をしなければ、ゆっくりと高度が下がり、適当な着地点を見つけて地に足をおろすことになる。

それでもまだ少しは飛びながらいる。下腹から擬羽が散り出すので性器が丸出しになり、とりわけ男性である私はぶらぶらさせながら飛んでいるのがみっともないのだが、下から見上げる人もこのあたりにはいないのでもう知ったことではない。それより、このかけがえのない飛翔が終わることが残念でならない。

一〇八型粘菌はこのようにして空から胞子を落とし、より広い範囲に広まろうとする。そのため宿主に羽状の子実体を生やし、飛び立たせるのだ。宿主はそれが楽しくてできるだけ広く高く飛び回る。すると胞子の飛散範囲も広がるということである。

とうとう擬羽は両腕部だけになり、それも次々と黒く崩れていって、身体を浮揚させる力を失い、私は森の奥まったところに降り立った。

全身の表皮粘菌はほぼ落ち、皮下粘菌だけが残った形である。普段は身体のどこかしら粘菌が覆うところを持つが、このときだけ真に丸裸である。冬だとつらいが今はそこそこ暖かい。この粘菌のもたらす飛翔可能期は夏から秋なのでそのあたりも宿主にあわせた発達の仕方なのだろう。

こうしてウエストポーチから下着、ズボンとシャツ、次いで靴を取り出し身に着け、人間に戻る。

そうして見わたすと、ああ、ここは深い穴の底だ。どうやって上がろうか。


三センチくらいの高さで、親指と人差し指で作る丸にすっぽり入ってしまう大きさの傘がある。柄の中ほどが膨らんで丸っこい。色は傘のところが古い木の皮のような焦げ茶色で、柄は白木のような明るいベージュで、木の子、と書くとよく似合う。小さいながら柄の中ほどにはふわふわした白いツバもある。

これが裏庭にある倉庫の床の端、一部剝《む》き出しになった横木に生えていた。気づいたのは一年と少し前だが、見つけて以後、一向に大きくも小さくもならない。猿の腰掛のような硬い大きいものと違って、こんなに柔らかく生え出たきのこは数日以内に腐ったり溶けたりするのだが、そういうこともなく、しぼみもせず、といって成長もせず、色も形も変わらず、みずみずと丸く柔らかいまま、もう一年以上ここに生えていることになる。

本日定期検査で訪れた遠延《とおのぶ》に示すと、顔を近づけ、次いで尖った金属部分の輝く測定器であちこち触れ、そして、珍しいかもしれない、と言う。

「菌糸は」

伝え告げ始める。

菌検査官をどうして「遠延」と呼ぶのか、知らない。伝え告げる、という言い方も検査官の報告についてだけ使われる。どうしてか知らない。遠延は伝え告げる。

「菌糸はときに子実体の何万倍もある。小さなきのこひとつの下に何十メートルも菌糸の網が広がっていたりする。これも横木の中に、それから地面の下にも無数の菌糸が延びているはずだ。ところが」

伝え告げ淀《よど》む。やがて再開する。

「検菌機で測定すると横木にも地にもあるべき菌糸が見いだせない。僅かには検知される。だがこれだけの子実体を作らせるには足りない」

なぜ生えているのか、そう問うているらしい。

「しかもこの子実体はとても強固に定着していて、柄の組織を壊さないと取れないだろう。検知では六十八ガロム、通常の十倍以上だ。それを支える菌糸はたった三ポルス、この程度の小さい子実体でも二十デピルクスはほしいところだ」

遠延によれば十ポルスで一デピルクス、という。

「それに……」

遠延は、私からの報告による、このきのこの発見以後の変化のなさを、それが本当だとしたらやはり珍しいと言い、また伝え告げ続けた。

「じゃあどうしたんだろう、これは。五年前にようやく仮説がたった。仮説だ。だがわたしたちは正しいと思っている。非公式にだがわれわれはこの種のきのこを時《とき》茸《たけ》と命名した。ときだ。時を超えて菌糸を延ばすからそう呼ぶ。このきのこの菌糸は過去か未来か、わからないが、別の時間へ延びている」

それによってどうなるのか、遠延は言わない。個人の類推を伝え告げる資格がないからだと言った。

「今日の測定はここまでです。ご協力ありがとう」と伝え告げ終えて、遠延の去った後、彼から時茸と呼ばれた、ここにはもう馴染みのきのこに今ひとたび触れてみた。

弾力があって、手触りは多くの他のきのこと変わらない。だが、とりわけ、横へ倒し少しひっぱりすると、横木に根付いている強さの度合いが指先に感じられる。とても手でひっぱるだけでは根元から取れないように思える。遠延の言うように、これを取りたければ、きのこの柄のところをねじ切ってしまうほかないだろう。そんなことをする気はない。

ただ、これまではそうでなかったが、もし先行き、どんどん大きくなって、たとえば倉庫の扉を開閉不能にしてしまうようなことがあったら、そのときは、根のところ、「つぼ」と呼ばれる丸い部分を残してのこぎりででも切り倒すしかないかなと思う。だがやはりどうも丈が伸びることもないように見える。遠延の言うとおり、別の時間へ成長しているからだろう。

朝まだき、という言葉が好きで、「き」の鋭い意志に満ちた感じがよい。それはまだ為されていないが確実に近い未来に招来されることを示している。

朝まだき、とっておきの青いワンピースを着、髪を整えると、一夜過ごした山小屋から、そっとそっと、歩み出て、そっとそっとまだ暗い樹々の間を抜け、岩をよけ苔を踏み、これと定めてあった太い樹をめざした。

一帯、広葉樹林の中、一本、大きな楡《にれ》の木がある。枝を張り出し広がる中どころ、太い幹の灰茶色の樹皮がひび割れている。

陽が上る前、幹に耳をつけて一心に聴きこんでいると、気が遠くなるような静けさの中、微かに、しし、じ、しし、じ、というような音が、耳に、というより、頭《ず》の中心に響いてくる。

菌根菌《きんこんきん》の声である。「きんこんきん」という名からやたらに大きく華やかな金属音を予感させるが違う。菌根菌は広い洞窟の中で僅かに砂を落とすような声をたてる。言葉を交わすのだと言いたいが音の理由は知らない。それを聴きとることができたとき、音声で地球の芯に触れたような心地がする。

囁《ささや》いている。

未来を語っている。

菌類は死滅した動植物の身体を腐らせたり発酵させたりすることも多いが、菌根菌は生きた植物に付く。菌根菌は樹木の根に不可欠な菌で、これがないと樹は生育できない。樹木は菌根菌と共生することで土壌から水と養分を得る。菌は樹の根から糖分を得て増殖する。菌と樹木の根は菌根という構造を作る。菌根は菌の菌糸が植物の根の細胞内あるいは細胞の隙間に侵入し、菌糸と生きた根の細胞が結合した状態である。

楡の根の表面には無数の菌が生きており、常に増殖を続けている。

その活動が微かな音として聴こえてくる。

聴ける人はほとんどいない。それは幻聴だと言われたが違う。

菌根菌の声で樹木の健康状態がわかる。以前、これはつらいなと感じた声があった。じ、のところがず、と聴こえ、その「ず」が多く、ずずずず、し、といった様子だった。半年後、その樹は枯れていた。

健康な菌は「し」を多く発声し、またその音に張りがあって軽い。

遥かな呼びかけである。何にだろうか。何に呼びかけている？

菌たちに個はないと思うのだが、ただ菌糸を延ばす音とは思えない。語らっている。相談している。呟《つぶや》いている。

音の小ささは刻《こく》の大きさとは関係がない。刻とはその通る距離で、響きでもなく、ごく微かな音が数億光年先まで通る。それを刻の大きさというのだ。

刻は、時をも超えて通るという。刻をもって過去未来へ菌糸を延ばす菌もあると聞く。

菌は今、話しかけるかのように、いや、菌たちは決して語ることもなく意識を向けてくることもないのだが、わたしたち人類の特性として意識というものを持ち言語という仕掛けを用いてそれを立ち上げている、そのやり方とはまるで異なるが、ただしかし、生命の意志とでもいうような、われわれ人類の言葉によって翻訳するとするなら、そんな重量のある方向性を持っていて、それが刻の大きさを決め、刻は、言葉持つわたしたちにやはり語りかけるように受け取られる。

どう言っているのか、言葉にして無理に表すならこうだ、菌はあらゆる物質に取り付き、生命あるものならその細胞の間に入り込み、その隙間を埋め、自と他の区別を消滅させてゆく。生命たちを取り込み、また取り込まれ、生命の可能性を限界まで引き延ばそう。

君は人類であるというが、人類が地球生物として特異なのは、意識という個別性を脳内の神経ネットワークを駆使して仮構し、それを身体性とは異なる次元として、思考する、という成果を示すところである。

他の生命にも菌にもその過酷な個別思考は見られない。それが何をもたらすかは知れないが、生命の拡がり方の一戦略として、個々の意識の拡大欲望という動機を採用してみてはどうだろう。

たとえば、何千年もかけて人類と菌が共生を強めていくとしよう、そして結果、地中数キロに及ぶ密集した菌糸体の中心に一人の人間が、ほとんど退化し動かない身体の中の脳として生かされていて、その生育とともに養分・水の補給もすべて菌からもたらされ、しかもその人間は言語によって伝達された過去の記憶と個別の想像によって、多々の物語を紡ぎ出し、意見を示し、生をいかに語るかに特化した者として生きている。

だがそのまま回想と夢だけに生きることを意識は不可と感じる。その人間は地中から出てゆくことを望む。菌たちは中心にいる意思決定機関としての人間の脳の意向を反映し、独立して動く菌の集合体としていくつもいくつも、地中から立ち上がり、表面に無数の子実体を実らせたほぼ球体のきのこの塊となり、地上を転がり回ることを始めるだろう。

だがそれだけでは不足である。外へ、果てない彼方へ、地上を離れ、空中を飛翔することを望む人間を内奥《ないおう》に持つ菌塊《きんかい》たちは、さまざまな工夫を凝らして空へと浮《ふ》揚《よう》する器官を作り上げるだろう。細胞の数には困らない。何億何兆の菌細胞が、翼となり中空のガス袋となり噴射器官となり、巨大な菌塊が空を飛ぶ。

だがそれだけでは不足である。人間の意識とはなんと素晴らしい欲望の加速器であることか。人間意識の未知への憧れは止められない。それは遂に地球圏を離れて宇宙へと出ることを望むだろう。何万年もかけて、失敗に失敗を重ね、菌塊たちは遂に重力圏を脱し、宇宙空間に脱出するだろう。そのとき多々の組織が、中心にある人間の脳を死滅させない工夫を見せている。人脳は、飽くまでも人類菌塊行動の動機だから、このプロジェクトを続ける限り、捨てることはできない。

　菌塊は表面に分厚い子実体の層を作り、放射線にも冷熱にも内部を侵されないような構造となっている。いくつもの領域に透明な膜を張ってその中に葉緑素を持つ地衣類を飼い、光合成をおこない、さらには宇宙に飛び交う放射線を用いて、体組織を維持できる養分とエネルギーを獲得する器官まで作りだすだろう。

　それはまた強力な推進機関を持って星間を駆けるだろう。宇宙空間へ飛びゆく菌塊たちがいくつもいくつも続くだろう。一旦速度を得た後は百年でも千年でも休眠状態を続け、隕石と同様に飛翔するだろう。

　だがそのほとんどはどこにも届かず、死滅する。

　予測されていたことだ。数値で示すなら十の二十乗分の一ほどしか成功はしない。それでも飛び立つものは後を絶たない。見込みない試みが何万年も何億年も続くだろう。

　するといつか、その中のただひとつかふたつ、遂に生命の繁殖可能な惑星に到達するかもしれない。

　そこはひどく過酷な地かもしれない。だが菌は強い。どんな環境でも酸素、水素、窒素、炭素があれば、どうにか細胞を変容させ、適応してゆくだろう。

いつになるか、途方もない未来、菌は宇宙全体にその繁殖の場を広げてゆく。

そんなことができるのか？

必ずできる。

なぜなら、われわれもそうやって膨大な空間を超え、この地に来たからだ。

ふとそんな声を聞いたような心地で、夢見から醒めるようにして、わたしは幹から耳を離した。


「きのこ心が湧《わ》くね」と言うのだが、それはどういう心なのか、問うても答えない。が、いくらかはわかる。徒《と》の者《もの》の感じているそれと同じなのかは保証がないが。

「徒の者」と呼んでくれたらよい、とその半ば菌の人は言った。貝殻茸《かいがらたけ》のような子実体ががさがさ重なる不自由な手で文字まで書いて教えてくれた。

「綴じ者と言われるのはなんか厭なんだ」とも言った。

徒の者、と言うのもなんとなく礼儀を欠く気がするので「徒の人」と呼ぶことにした。

きのこ温泉、というので来たのだ。そうしたら、掘立小屋みたいなものが「旅館」で、この徒の人が経営しているのだそうだ。一泊数百円でよいと言う。

そういうことならと先払いで宿を借りることにすると、外観から想像されたほどはひどくない部屋に案内された。部屋に荷物を置いて、そのまま小屋の裏へ回ると数歩先に白く濁った湯が湧き出ていた。直径十メートルくらいの歪《いびつ》な円形のプールのようなところで、周囲は岩で囲んであった。中央にときどき湯の盛り上がりができるのでそのあたりから湧いていると見える。

衣服を脱ぐと、脇にいくつか籐《とう》の籠があるので、よく見比べてあまり汚れていない様子のひとつに入れた。

他に人はいない。秘湯と言われている。湯の場の周り、小屋のある方の反対側はぐっと迫った森である。大きな楢《なら》の木が立ち、拡がり、見おろしている。その先は昼も薄暗い木々の領分だ。森の中にほこほこと湯が湧いているのである。来てよかったと思った。

洗い場も何もないので、身を清めもせず、いきなり足先から湯に入ると、さほどは熱くなく、これなら長く浸かっていられる温度である。

濁《にご》りでわからなかったが深さは人の腰程度、肩まで浸かっていられる、あれこれ丁度良い。

湯の中にいてよく見ると、無数に浮いている。湯の花というやつかと思うが、さらによく見ると、ひとつひとつがごくごく小さなきのこなのである。湯の表面から真っ白な、極小のきのこが生えているのである。

なるほどきのこ湯とはこれなのだな、と思ったところへ、徒の人が来て、森の側の縁《ふち》から湯に入り、縞《しま》のあるがさがさだらけの顔を向けて、

「きのこ心が湧くね」

「本当だね」と答えた。

きのこ心なあ。と湯の中で何かを溶かし出しながら考えていると、湯の花茸《はなたけ》、と聞こえて、顔を上げた。

「かわいらしいだろ」

と徒の人。

湯の花茸というらしい。勝手に名づけたのかもしれないが。

だが、きのこというのは菌糸体の中から出たごく一部の組織だから、こんな小さいきのことといえどもその下には何倍も菌糸体の網がないといけないはずだと思い、

「これ、菌糸はどうなってるんだろう」

と言うと、

「この白い濁りが全部菌糸だ」と徒の人が言った。

まるで思わなかった。言われてしまうと極細のうようよした素麺がゆだっている中にいるという想像もできたが、身に糸らしいものは全く感じない。触れない。ただ湯に浸っている感じしかない。よくよく見ても糸や網のようには見えない。

「本当か？」と問うが、この無数の小さい小さいきのこの源を考えると徒の人の言葉が正しいとする他はない。だが私の身体は認めない。濁りにしか見えない。

答えはなかったがこの上疑う気は失《う》せていた。

玄妙《げんみょう》とはこういうものなのだなあ、眼にも判別できない身にもそれと触れない菌糸が湯の中いっぱいに繁茂している。と思いながら湯にいると、しばらくして、

「湯の花茸は三十九度から四十八度の湯の中でないと生育しない」

そのように徒の人は言った。

「ここの湯はちょうど条件に合う」

なにやら身の灰汁《あく》がとれてゆくような心地で菌糸の濁り湯に身を委ねていると、徒の人はさらに続けていた。聞こえてはいるが意味として捉えているか心もとない。

そのうち、ようやく、こんな言葉が気をひいた。

「湯の花茸は湯に紛れてくる有機物を吸収して成長する」

それは垢《あか》とかか？　と訊《き》くと、

「そうだ。だから、この湯に浸かる人の身体の表面にある老廃物はすべて吸い取られる。もし糞尿を排出しても数十分で完全に吸収される。やってほしくはないけどね」

「けっこうなことだなあ」

だがふと、考えが湧いた。

「じゃあ、身体がふやけてくるとそれも？」

「そうだ。湯でゆるくなった表皮も吸われる」

「じゃ、あんまり長く浸かっていると……」

「まあ大丈夫だ。だがそうだな、二十時間も浸かりっぱなしだと骨だけになるかもなあ」

二十時間か。

「そういうことだから、適当に浸かって出てくるとそりゃあもうお肌つるつるで」

それはわかったがその言葉をこの全身子実体がさがさの人に言われてもなあ。だが湯の中にいるとあれこれと突っ込む気にもならない。きっと心の表面のざらざらもこの濁り湯菌糸体に舐《な》められ吸い取られて、心つるつるになっているのだ。

心の皺《しわ》を伸ぶべかんめる。

「本当にきのこ心が湧くね」

と言った。

「ほら」

と徒の人は、どこに持っていたのか、小さいグラスを出して、湯を少し掬《すく》い取った。

「透きとおっているだろう？」

見れば本当に濁っていない。今、午後四時くらいだから陽は差す。きのこ手のきのこ指に摑まれたグラスは微小きのこの群れと白い湯の中に真空を開いたかのような透明さである。

「これはこの湯の中の不純物も細菌も、湯の花茸の菌糸体が全部吸着したからだ」

「ほおお」と呆《ほう》け顔。

「それでこの湯はほぼ純水の状態が保たれている」

どこかで聞いたことがある、この、あらゆる場所に菌のはびこる世界に、一切の菌を含まない純水を入れた小さい硝子《ガラス》のカプセルが、数は少ないが出回っていて、それは渡し物とされたこともあると。

完全純水なんてどうやって作るのか、よほどの施設が必要ではないかと思ったものだが、実はこんなところに純水製造所があったのだ。

「ここの湯の花茸の吸着精度はそれほど高くないが、多磨螺山《たまら》には九九・九九パーセント以上の純水ができる温泉があるそうだ」

「ほおおお」と呆け顔で答えた。

何を聞いてもほおおだ。ほおおお。ほおおおおお。ほおおおおおおお。と言いながら湯を出た。

「あとはごゆっくり。ここに泊まる間はいつでも入りに来てよい」

と、まだ浸かりながら徒の人は言った。


尾路美壺《おろみつぼ》と呼ばれている。括山麓の岩盤にできた縦穴である。自然にできたものと思われるが、どうしてこんなに深いくぼみがあるのかはわからない。深さは六十メートルくらい、穴は歪な円形で直径が三十メートルほどある。

底に近い所の一面に小さな水の流れができていて、岩壁からしみ出した水が底部に水路を作って岩の割れ目に注ぎ込んでいる。それで底の辺りには苔と羊歯《しだ》が多く生えている。

水は岩に濾《こ》されていて綺麗である。

縦穴なので底の方にも陽は差す。ただし一日およそ五時間くらいである。

ここに住むようになってもう随分経った。一日の経過はわかるが何年かはもう数えられない。だが体感ではおよそ十年は過ぎた気がする。

侵食性の菌が体内に菌糸を張っていて、身体は半ばきのこ化しているのだが、そこまでで、何年経っても他の菌人のように完全に菌となってしまうことがないままだ。不思議だが、どうもここの、なんというか、ここ特有の地の力のようなものが完菌化をさまたげているのではないかと思う。

意識は損なわれないが、その代わり、身体に生えたマッシュルームのような丸いきのこがどんどん増殖し、岩肌に取り付き、いっぱいに広がって、まるで自分がこの岩穴の底全体を覆うような塩梅になっている。

そのため自分も岩に張り付いた形であまり動けない。水分は豊富で、岩にも菌糸が入り込んで養分を吸うのでいつまでも枯れない。

住んでいる、というより棲《す》んでいる、いや、生息している、生《は》えている、というのが正しいような気がする。人の意識のままというものの、しかし全的に人なら、こんな場所からは出たい、人の里へ帰りたいと望むだろう。その気持ちがない。この先、何百年でもここで生えていればよいと思う。なんだろう、身に感じる気のようなものが自分を生かしている。それは自分に快いものである。

かつても今も、菌による身体の変容が重大視されることが多いが、今の自分としては、菌とともにある心の模様のようなものが気がかりである。どうなってしまうのだろう。そういえば以前は。地上にいた頃は。

こんなことを考え考え、いると、ある日、いきなり上の方から裸の男性が落ちてきた。

男性は、腹の周りに巻いたポーチから衣類を出して素早く着こむと、おや、ここはどこだ、といった様子で見回しているので、驚かさないように静かな声で、

「ここはオロミツボという岩穴です。どうしました?」

と言葉をかけると、相手はさらに見回し、どうもこれかな、という目当てを見つけてこちらを向いた。

茸だらけだが目鼻はあるので顔と見分けることはできたようである。

「あ。失礼します」

と話しかけてきたので、悪意はない人と見た。

「わたし、あの、ええと、粘菌持ちで。それのせいでときどき空飛ぶんですよ。うん、どう言えばいいか」

説明が大変そうなので助けた。

「知っています。粘菌が羽みたいになるんでしょう。二度くらい、見たことがあります。あなたはさっきまで、空にいた。そういうことですね」

「ああ、そうです。それで、なんでかな、降りようとしたらここに来ました」

「あなたも呼ばれたのかもしれませんね。わたしはここにもう何年もいます」

「ええ？　そんなに？」

「菌化している者には居心地のよい所です。でもあなたはここに住むつもりもないでしょう」

「ああ。ええ」

「また羽が生えるまで待つか、岩を登るかしないと外に出られませんね」

「ううん。ここは深いですね」と、脱出を考え顔に見えた。

「出っ張った岩を注意深く摑んでいけばなんとか出られるかもしれません。でもここ、六十メートルくらいありますが」

と言うとかなり絶望的な顔つきになった。

「ううん。すると、羽が生えるのを待つなら一年くらい」

「ああなるほど。ここは水と食べものならあるので最悪でも餓死はないと思います」

「はあ」

「わたしに生えているきのこは生食可能です。まずくないと思いますよ」

「はあ」

「いくつかの苔も食べられますがあまりおいしくはありません。もし動物性の蛋白《たんぱく》質《しつ》が必要ならミミズもいます」

「いえそれはちょっと」

「わかりました」

「そうだ、ぼくは毎日姿が変わりますが気にしないでください」

「わかりました」

というような会話があって、相手はそろそろ観念し始めている。一口どうぞと勧めた自分の身のきのこを口にして、あ、これなら悪くない、という表情になったのがまずは救いである。その気ならフリークライミングも試してみればよいが、落ちると大怪我になるかも知れないので、まあやっぱり一年待つか、というような話になった。

「わたしは平気だが、あなたは退屈かも知れませんね。それでよければ何か話して暮らしましょう。そうだ、ここでは互いに語り合うことで『渡し物』としては」

相手が、いいですね、と答えたので、続けた。

「わたしはここでひたすら地上にいた頃の記憶を辿っています。そういうのをお聞かせします。あなたも、ご自分の記憶を辿ってみるといいでしょう。案外、誰ののとも知れない、体験したこともないことが思い出されてくるかも知れません。ここはそういう場所なのです」

毎日何か思い出していると、あるときから、自分には憶《おぼ》えのないはずのことが混じりこんでくるようになった。記憶というより不意の思い付きのような、あったともなかったとも言えない事柄である。

それは地の底に延びた菌糸が捉えてきた、他者の記憶なのではないだろうかと思うこともある。今では思い出すたび、どこで知ったことなのか、新たな映像や音声が想起されてきて、だんだん自分の記憶とそれ以外との境界がわからなくなっている。

「ここで思い出す昔のことは暗くて曖昧で、ぼんやりして、そしてなんだか陰気な感じです。わたしにはそこがいいんですが」

それは何だろう、薄暗い夢の中を迷い歩いているような印象で、自分だけでなく、他人のものと思われる記憶もやはり見通しが利かない、断片的で不穏な記憶だ。

「当時に比べると今は何もかもが明瞭に見えるように思えます。わたしが地上にいた頃は、そうですね、すべてが手探りの感じでした」

こうしてしばらく、相棒と暮らすことになった。

思い思いのきのこ

バスに乗ると中は空《す》いていた。走り出すと車内は暗くなり、窓の外には薄明の朝が見える。生白い空に向かって茸《きのこ》の巨木が一本立っているのが見える。真っ直ぐな電柱を思わせる胴の上にベルのような大頭が揺れている。

家が朽ち果ててがらがら崩れるのが見える。

外の景色には太陽もなく、ただ白い。人の気配がない。

窓からの光はおそらく光苔《ひかりごけ》のような蘚類《せんるい》だか菌類だかの発する燐光《りんこう》なのだ。——私はあの巨《おお》きな茸が首を振りながら高々と立っているのも予想していたし、茸や苔の群れの中へと突き進んでゆくバスの中には今に誰もいなくなってしまうこともわかっていた。——確かに人々はいなくなった。初めからいなかったのかもしれない。

運転手が尋ねた。

「どこまで?」

「稗田《ひえだ》の絵のある処まで」

「あれはいけない、みんなあれを見ると変なことが起こると言う」

「知らなかった……でも行きたいんです……」

「じゃあ、ここで降りてくれ。絵が置いてあるのはあの先の建物だ。今夜は一晩泊まって明日の朝、山を越えてゆくといい。夜あの絵を持って歩くのは危険だ」

「ありがとう」

バスを降りると道がふたつに分かれている。道の両脇には黴《かび》や苔や茸がいっぱいだ。

言われた方の道を行くと廃屋があった。粗末な様子だ。平屋で屋根が低い。扉が開いていて、中が覗《のぞ》ける。

玄関からすぐの居間の向かいの壁に絵が掛かっている。入って見回して、絵というならこれしかないのでこれが稗田の絵なのだ。

簡単な額に入っている。油絵らしい。暗くて見づらい。周りを見た。夜になっていた。初めから夜だったのだ。

壁から外して絵を見た。よくわからない絵だ。抽象画か？　腕のようなものがある、足のようなものも……これは人の身体だ。顔はない。闇の中に白い身体だけが放り出されたように描かれている。

明日の朝、これを持って向こうに見えるひときわ黒い山を越えてゆかなければならない。

しかし本当に夜は明けるのだろうか？

緑色透明のビニール袋である。

厚手で、口のところが密封式になっている。ほぼ正方形で、一辺が十センチほど。中に小指の先よりやや小さいくらいの細い円筒形のものが入っている。

黒い服の男がくれた。太ってサングラスをかけていた。サングラスの縁が白かったことしか憶《おぼ》えていない。

改札で袋を渡した。駅員が袋を開けて中から円筒形を取り出すと、三センチほどの、透明プラスティックに金具が二つか三ついている。

駅員は上部にあるへこんだ所にドライバーを差し込んで数回まわした。細いねじがせりあがってきたかと思うと、ぱかっと音がしてプラスティックの部分が二つに開いた。

駅員が無造作に脇へ投げ捨てると、中から糸ゴムがわさわさ出てきて、それは見る見るうちにひとかかえもあるくらいに盛り上がり、まだまだ量を増している。青白いゴム糸だが、その塊はゆでる前の中華麺を思わせた。

遂に膝までの高さになったところで、ゴムの山の中から、大きな鋼のぜんまいがほどけて飛び出し、五メートルも十メートルも伸びて行く。

周りの人々は驚いている。人だかりができ始めた。

分解しなければ、あの量のものが一度に出てくるのだと思うと、自分は新しいタイプの爆弾をわたされたことを知った。このままでは捕まるかと思い、急いで自動改札を抜けようとするのだが、人が多くてなかなか進めない。

やっと通り抜けてプラットフォームに向かう。地下から階段で上がる。

上がる所の壁一面に干してある椎茸《しいたけ》が胞子をたくさん噴き出して、あたりがぼんやり霞《かす》むほどだ。

これだから梅雨時は嫌だなどと思いながら段を上ると、途中、壁に下がった椎茸の中にひとつ、僅《わず》かにつやのあるものを見つけた。干し椎茸につやがある筈《はず》はないので、これはプラスティックの作り物だ。ここにも爆弾が仕掛けてあると思い、すぐそこを去る。

階段を上り終えた所にもまだ椎茸が干してある。いくら梅雨だからといってこんなに干されるのは迷惑だと思う。

ここでもひとつ気になるのがある。

早く電車がきてほしいと思う。


「さあさ、くださって」というものだから、背後へ回ると案の定、妻の首の後ろから一夜茸《ひとよたけ》が生《は》えている。この時期になるといつものことだ。

他の場所に生える種類より臭気が強いのであまり好きでない。

三角帽子のような赤茶がかった傘のところを人差し指でゆいゆい、と撫《な》でてやると、うむんむ、というような笑い声で妻が嬉しがる。つんとした鼻につくにおいがきて、指先がぬるりとする。少し押して右左に倒してやるとその反対向きに妻の背が揺れる。

篠井津《しのいず》の駅でさ、と話しかける。また爆弾騒ぎがあったってさ、厭《いや》な……

びくん、と揺れたので、それは妻がではなくて一夜茸が、揺れた。

ので、もうじきかもうじきかと思うのだが、違ったらしい。

……厭な世の中になったもんだね。

と続けてみたがもうどうでもよくなっていて「あなびのようね」という妻の言う

言葉もよくわからない。

やっぱり一晩中かかるのかな、と、それは面倒ではあるが、不意に思い出す幼い頃のことや最近見た変なもののことをときどき口に出しながら、恋々《れんれん》ときのこをいじっていると、そのうち、じくじくした感じが強まってきて、ああ、嫌なにおいだなぁと思いつつ、酔ったようになる、その、肌にもう一皮、薄い膜をかぶったような気持ちになるのが本当のところは悪くないと、言ってもいいのだが、言わない。

しーむしーむと外では今時分特有の鳴《な》き茸《たけ》の声だろうか、しーむしーむとなにやら、俳句だったと思うんだけどさ、と口にしてみるが、もう妻は答えもなく、温《うん》気《き》の籠《こ》もった室内がうすぐもった様子に思われてきて、右手で妻のきのこを撫でながら左手を伸ばして室内灯を消すと、ほんのり、妻の首のあたりに朱色がかった薄明かりがさしている。

やはり一夜撫でねばならないな、そして、これもいつものことだ、朝になるとしらじらした空気の中で、一夜茸の崩れ溶けた妻の首にはべっとりと黒い液がしたたって、においは一層強くなっているだろう。二度と陶酔感を与えてくれることもなく、妻も私も、あつまらない、今日は何もしたくない、と無言で顔を見合わせる、そんなことに決まっているのだ。

じふじふと湿った空気の中、知らない人が来たので、殺そうと思ったけど、やめた。

手に三本の長茸《ながたけ》を持って、これで一晩、泊めてほしいというのだ。長茸は欲しい。顔がうず黒い。視線の先がよく移動する。大きい顔だ。そうではない。細いのだ。縦に長いのだ。手足は揃《そろ》っていたから綴《と》じ者ではないと思うが、最近はどこの手先かわからない。

入り口近くの部屋にかけてある絵を取って、これを持って山を越えるのだと言う。自分のものではないから勝手にしろと答えた。

その人は、ここは廃屋かと思った、人が住んでいるとは思わなかった、と言った。住んでいるのではない。

稗田《ひえだ》って誰のことでしょう、と問うのだが、わかるはずがない。でも稗田という名は最近よく聞くのだ。どこか遠くの土地の、不思議な形の人間ばかり描く画家なのかと思ったが、そうではないと相手は言う。手法のせいで不思議な形に見えるのだ、と言う。

やはり殺そうかと思うがやめた。

油断していた。左腕の肘より少し上のところにべったり、粘菌が動いている。これが首に這《は》い上がり、頭に粘りつくと、変な声が聞こえてくる。むずむずしてきた。

その人が呆《あき》れたように見ている。なんでもない、見るなよ、と声を荒らげると、その人は部屋の外へ出て行った。勝手に好きなところで寝ろ、と腹立ちまぎれに言う。向こうでどたりとドアを閉める音がした。

始まった、くくるをのてのて、と言うのは、こころを解き放て、ということだ。たずおもいそはらわりは、は、数多いぞわれわれは。

黄色い。ものが黄色く見える。

机の上に咲いた茸《きのこ》はもう三十束にもなっている。近寄れば、顔の脇まできたぬめぬめからのそりと延びる。粘液の触手なのか、繊維質の枝なのか、左側が痒《かゆ》い。

泊めてやるから、このことは言うなよ、と、それを言い忘れたので、あの人の部屋まで行って扉を開けるが、もう寝ている。稗田の絵というのも包みにして脇に立てかけてある。

殺せばよかったかな、でも、もういい、頭の中に響く声の言うとおりにしよう、それが殺せというかどうかによる。ああ痒い。延びる延びる触手。茸が好きだ。

朝起きてみたら、鴨居《かもい》のところに目玉茸《めだまたけ》が三つも下がっていてとても嫌な気がした。

見れば見るほど抉《えぐ》り出された目玉そっくりで、しかも、いしづきのところまで本物の眼球からつながる神経と血管のように見える。この柄には自分を支える力がないので、木の枝や横柱からぶら下がる形で生えるのだ。

やっぱり見ているぞ、というデモンストレーションだろうか、と思った。駅からは首尾よく逃げたが、目をつけられていたに違いない。最近、目玉茸は普通に菌を売っているというではないか。お前を監視しているぞ、という意味で、昨夜、自分の家の鴨居に目玉茸の菌を擦《こす》りつけていった奴がいた。

考えすぎだと思う。馬鹿馬鹿しいと思う。

目玉に似ていて気持ちが悪いが、食べられるそうじゃないか。ちぎってみた。ぬるぬるしてやっぱり気持ちが悪い。食べないことにした。上からぶら下がっているのも嫌なので後の二つもちぎった。

外へ出ようとすると玄関のところにも下がっている。ここは五つもある。誰かの故意でないなら、大発生だ。ニュースになるかなと思う。こんなものばかり増えても嬉しくないなあと思う。

全部引き抜いてさっきの三つとともにスーパーのポリ袋に入れ、手に持った。今日は朝から雨だ。また渡されるかな、何かわからない、それで自分は街へ出る。何に使われるか、利用されるのか、それもわからないが、しかし、やめられない。こんなルールを作り出したのは誰だろう。大半は犯罪に利用されているのだろう。道端の、板塀にも、わざわざ屋根を作って、ここでも乾燥椎茸が干してある。こんな雨の中では湿るだけだというのがわからないのだろうか。

目玉茸はないか、そこらの木の横柱や門を見たが、ない。やはりあれはうちだけか。今度は自分が、出会い人に目玉茸を包んだ袋を渡すことにしようと思いついた。渡されたら必ず受け取り、誰かに渡す。

傘をさして街中に立った。出会い人を、今日も待ってみる。

誰か来た。

朝から白くけむるような雨だった。

私は一夜泊めてもらった掘立小屋のようなところを出て、傘もないまま歩いた。粗末な建物だったし、そこにいる人もどこか変だったが、親切だった。片脇に抱えた絵が濡《ぬ》れるだろう。仕方ない。油絵だから滲《にじ》まないと思う。山の向こうから、歌声が聞こえる。気づいたのは今だが、声らしいものは昨夜から耳にしていたはずだ。

聖歌だろうか、そんな静かな合唱曲のようだ。山の向こう、と思うが、どこからかはっきりわからない。あいかわらず茸《きのこ》の大木があちこちに立つ。

まさか、あれが歌っているのだろうか。鳴き茸というのはあるが、あの大茸たちが声を、それも人間の歌うような声を出すのだろうか。

違うと思う。

道はわかっていた。細い空《あ》きが茸たちの合間にあるからだ。誰に渡すかも進めばわかる。足許に青い茸がいくつにも分かれて伸びている。見たことのない種類だ。

合唱が止まった。無音になった。

このとき、遠く先の方から近づいてくる人があるのが見えた。白い雨の中にほのぼのと影のように見えて、明らかに移動してくるので茸でないとわかる。人の背丈の移動茸《いどうたけ》というのもあるだろうか。

よほどかかってすれ違うところまできた。やはり人だった。こちらも傘を持たず、黒い服をずぶずぶと濡らした顔色の悪い女だった。すれ違った。私はこのとき女の横顔をうかがったが、相手はまるでこちらを見もしなかった。とても生臭いにおいがした。振り返るとただ黒い瘠《や》せた背が遠ざかっていった。

再び歌声が聞こえ始めた。

這《は》い茸《たけ》は気持ち悪がられるが、捕まえて生で食うことができる。暗い緑色で、大きいのは掌《てのひら》くらい、楕円の半球形をして主に石の上を這う。表面にはぶつぶつとした突起が無数にあって、触れれば粘液でねばねばしている。這った跡にもねばねばは残る。

電車の通る高架の柱や壁にとりわけ多く出るのは、振動を好むからだろうか。食うものがないときはもっぱらこれを食べている。

雨なのだが、道路脇の、私鉄高架の壁沿いに背をもたれさせて、僅かに雨の降りかかるのを防げないかと思ったが、何もないところにいるのとあまり変わらない。

寒い時期ではないものの屋根なしでいれば芯まで濡れる。

古い黒ずんだ、ところどころ血管のような罅《ひび》の脈の走ったコンクリートの肌に、ゆっくりとゆっくりと、ここにもいた這い茸を、ぎゅっと摑《つか》んで、そのまま口に入れると、最初強い刺激のある腐臭のようなにおいが喉奥から鼻腔に届き、舌には苦味が感じられる。だが、そのすぐ後に塩気のない肉汁のようなたっぷりと濃い、味ともいえない味が口中に広がって、そこをぐっちりと嚙《か》むと生肉めいた弾力とともにさらに微《かす》かな甘みさえ含んでねっとりした汁が染み出る。

雨はやむことなく、付近のガード下やいくらかでも屋根のある場所は先に来た者たちに占領されてしまっているので、他に仕方もなくやはり高架の壁にもたれかかって、眼前を通る乗用車、トラック、通行人、犬、その他を眺めながら、ときおり這い茸を口にする。尻まで濡れてきた。

通りかかった若い女がいきなり、前で立ち止まり、手にしたポリ袋を渡してくる。受け取れば中に目玉茸が八つ入っている。

食うことはできるが調理が必要だ。用はないのでしばらく待って、高校生くらいの少年に手渡すことにした。

少年は最初、ホームレスらしいずぶ濡れの薄汚い、片脚の不自由な男が近寄ってくるのを警戒していたようだが、片手のポリ袋を指差しているのを見て、渡し物とわかったら拒否することもなかった。

ひとしきり降った雨が夕刻になってあがり始めた。茸森《きのこもり》を抜けてようやく下りにかかったところで、見上げれば紺色の空に星が見えた。中天近くには満月が出ている。

時期が時期だからと思いつつも目を離せず、仰向いて歩いた。ところどころ道のでこぼこに躓《つまず》きかけた。

どうしても首が右回りに傾いてしまう。やはり今の時期だ。見ていると月がよじるのである。それは内臓の位置を少しずつ変えてしまうので、見すぎてはいけないと言われた。

もし内臓が完全に反転したら、物多巣《もたず》になる。身体の内と外とが逆転した、外に内臓が、中に皮膚がある、そんな化け物になって月が沈むまでずったらずったら歩き回り、人を見かけるとべろべろした内臓で巻き込んで溶かしてしまう、というのだが、私は知っている。友人はこれになって死んだ。人を巻き込むというのは嘘《うそ》だ。

本人がびしゃっと裏返って死ぬだけだ。

だから月を見上げていると、今も腸が躍っている。胃がせりあがってきた。月がよじるのだ。

もっと見ていたかったが、約束があると思い、地面を見下ろしつつ深呼吸をした。左脇に抱えた稗田の絵をもう一度抱えなおし、重い足を運ぶのが、ずったら、ずったら、と感じられる。足許に、いくつも光茸《ひかりたけ》があって、さらに夜が更けると地上に降りた星のように光るだろう。だが、もうそろそろ、山を抜けないと、またもう一夜、どこかで泊めてもらわないといけなくなる。

私は足を速めたつもりだが、それでもやはり、ずったら、ずったら、としか進めないのだった。


どうしても出なくてはならなくて、しかもおりからの雨で濡れながら帰ってきた妻が、昨夜の疲労もあってか、帰るとすぐ寝てしまい、その間、描きかけの絵に取り組んでいた。

疲労感虚脱感なら私の方も相当なのだが、それでも自らの身に生《は》えた側ではないので、午前いっぱい眠って、午後過ぎて目醒《めざ》めるとようやく何かやる気になるのだった。私の場合はそれを仕事と言えるのが画業だが、こんな山中にいると数日おきに妻の身体に生える茸の色形が気になり、できればあの特有の生臭い香りも伝えたいと思うのにそれだけはできない。

既に描いた白い裸体を囲んで赤、青、といった原色の菌類を載せてゆくように描くと、自分の身体にもどこかに繁殖しているだろう菌がじりじりと蠢《うごめ》く気がする。

実際に身体の内側がうねうねと揉《も》まれるような感触があるのは、そろそろ重天狗《おもてんぐ》茸《たけ》が芽吹く頃だからだろうか。

油絵はその匂いも好きだったが、何より絵の具の粘度の加減が好ましくて、ひたすら練りこむように塗る私の絵はいつも厚塗りだ。ぬるぬるしたものが好きだ。まだタブローには遠いが、エチュードとしてならそこそこ出来上がりかけた頃、ようやく目醒めた妻がアトリエに来て、

「顎の尖《とが》った人とすれ違った」と言う。

左脇に布で包んだ平たい四角いものを持っていたから、あれがピエタでしょう、やっと取り付け人が決まったらしいですね、と続けた。

指定場所は決まり、会心の出来と思い、依頼者からの連絡を心待ちにしていたの

に延期に次ぐ延期で、渡し場所の猪間《いのま》小屋も端からぼろぼろと侵食され、以前仕事机にしていた台には笹球磨《ささくま》茸《だけ》がわっと広がって、これを慕う通り者が勝手に寝泊りするようになってもう何か月か。

彼は粘菌持ちで、悪い奴ではなさそうなのだが、突然何をやりだすかわからないので人の多い都会では暮らせまい。

ともかくよかった、でも、誰が受け取ることになるのかな、と、やや不本意な気が強い。

「こんな日は目玉汁でもほしいがな」と言ってはみるが、あれは山中にはあまり出ないから探してみてもないだろう。

朝出たばかりの目玉茸を柚子《ゆず》でしめ、唐辛子で赤く色づいた汁に浮かべて食べるのはなかなかの珍味なのだが、と、妻に言う。

誰だったろう、女だったはずだが、やはり今回も容姿をよく憶えていない。

掌で包めばちょうど収まる大きさの紡錘形《ぼうすいけい》、レモンの両端を引き伸ばしたようなガラスの容器に透き通った水が入っていて、どうやって栓をしたのか、栓そのものがどこにあるのか、わからない、ガラスを溶かして封じたのか。ただ、強く振ればなんとなく固体とは異なる揺れが感じられて、中に液体が入っていることはわかる。しかし液体をガラス容器に入れて全く水泡もなく、完全にガラスを溶かして閉じることなどできるのだろうか。中の液体は水なのだろうか。

手にしたまま長く見ていた。

透き通っている、ということは透明で向こうが見えるということだが、そして確かにガラス容器の微妙な曲面によってややレンズ様《よう》に歪《ゆが》めつつ向こうの景を見せているのだが、それは何かを通してというより視界自体がみずみずしい質感を伴って目に届くように思えてならない。

鮮烈な音楽、といった言い方、意外な出来事、といった、それに類する、何かここでこの手の中で見たこともないあらたな風景が生まれてわが目に与えられる、そんな液体であり容器である。

透明の強さは、ただそれを通して見えるものが、それなしで見える場合により近い、ということではないのだ。透明さという要素が視界の意味をまるで変えてしまうときそれを本当の透明さというのだ。

そう感じたいだけのことなのだろうか、雨はあがったものの、あいかわらず曇天《どんてん》の下、あちらにもこちらにも芽を出しかけた茸《きのこ》と苔《こけ》が今にも伸び上がりそうな、見えない動きで静かにわたしたちの身体に触れてきそうな、湿度の高いこの都市の有様を自分のどこかが嫌っているのだろうか。

渡し人は相手の無意識を読み取って、手渡す、というのは本当だろうか。ありえない。

惹《ひ》かれている。

この透明すぎる水の入ったガラス瓶はひどく貴重なものに思えてならず、私《し》所有《しょゆう》してしまいそうだ。そうなると本当にここにはいられないかも知れない。

もうそろそろ山の斜面も終わりそうなのにだらだらといつまでも続く。

周囲のきのこの種類が微妙に違ってきているのはわかっていた。そして、高くはないが平地とも異なる、こういう場所に来て留まる人の意図もわかっている。既に見つけていた。横穴になっていて、天然の洞窟と思われた。岩の間に、狭いが、奥深い溝がある。

明るみの届くところまで入り込むことにして、菌類の侵食からいくらかは自由にいる岩に腰掛けてふともう少し奥のあたりを見やったとき、黒い塊がどこやら覚えのある部分部分を示しているので、ああ見てしまったと思った。

確かめないではいられないがもうわかっていた。しばらくはここで暮らしていたのだろう、何か食べたあとも見られる。だがここにあるのは死体だ。

真っ黒なごわごわした固まりの端々から、指とか足首とか、髪の毛とか、僅かにはみ出ているだけで、一見、ただ黒傘茸《くろかさたけ》が群生しているのかと思われるけれども、黒傘茸の最もよく生えるものが動物の死体なのだ。

洞窟に足を踏み入れたとき、誰かがこんにちは、と言ったような気がしたのはこれがいたせいだったのか、と思いつつ、さらに近づいてよく見ても、松かさのような拳《こぶし》のような突起に覆われたごわごわの大きな塊があるばかりだ。

死後どれだけ経《た》っているのかわからない。こんなに繁茂しているのだから一週間は経っているはずだ。

その全体を覆うきのこのせいか、腐臭はあまりなくて樟脳《しょうのう》のようなむしろ清潔そうな匂いがする。

満足して死ねたのですか、と尋ねてみたくなったが口にすることはなかった。

絵の包みを岩にたてかけて、前にしゃがんで、人間の名残をとどめている部分に見入った。突き出た指先を見ればマニキュアをしている。女なのだろうか。着ていた服は大半、黒傘茸の下だが、赤いものが少しだけ出ている。マニキュアをして赤いワンピースを着た男性もいるかも知れないが、ひとまず女だろうなと思うことにした。ここで間違うと、今夜の夢が嫌なものになると感じたからだ。

既に暗くなっている。入ったときから暗かった。この洞窟で一夜過ごさねばならない。

冬虫夏草《とうちゆうかそう》というのだな、標本だった。

幼少期の記憶だ。蟬《せみ》の幼虫の背中から、ひゅるひゅると菌類が伸びあがって、それが先の方で傘を開いて、はっきりと茸《きのこ》らしい形になっていた。

灰茶色で、土のような色合いが、虫の死体からいくらか生々しさを削いでいたが、しかし、その脚、段のついた腹、それらの形があまりに完全なため、否応なく昆虫の身体が乗っ取られた痕跡になっていた。

動物と植物とは入れ替わることがないと聞いたが、菌類は動物にも植物にも付く。付く、と記せば、着く、そして、憑《つ》く、と連想される。

どこかしら霊的な憑依《ひょうい》にも近いような気がしてくる。どこにいても、菌に取りつかれる可能性がある。取りつかれれば知らないうちに支配されてしまいそうだ。胞子が眼に見えづらいことも突然の憑依を連想させる。

菌類は、動物とも植物とも異なるもの、として「動物界」「植物界」と並び「菌界」を別立てにすることが現在ではされているようだ。そして菌類は、動物と植物とに侵入するものであるようだ。そして時にはそれらと入れ替わってしまうこともあるらしい。

樹木の枝に入り込んだ菌が、枝を異様な形に変形させてしまっている状態を見たことがある。水虫田虫は人体に侵入した黴だ。変形とはならないものの、荒れて爛《ただ》れてときに炎症を起こす。

菌類それ自体、病原性の細菌といっしょにされ、黴菌《ばいきん》、とまで記されて、厭なもの、病気のもと、と印象されやすい。だが発酵食品の滋養と必要を思い見ればよい。今や人に、なくてはならない。だが、ときおり、逞《たくま》しく猛々《たけだけ》しく侵食する菌の行いを目のあたりにして、恐れをいだく者がいてもおかしくない。

入りこまれていはしないか。

付かれてはいないか、憑かれてはいないか。

意識が。

意識している自分、それが、あるときから微妙にずれて、しばらくすると誰ともわからないものになっている、といったこと。

冬虫夏草は実は死んだ幼虫に付いた菌が繁殖してできたものだという。生きたまま菌に冒され乗っ取られて、というものではないらしい。

だが、あの痛々しい標本を見ていると、何年も地下にいて来年は羽化するという時期に死んでしまった幼虫がいたのだろうな、などということばかり考えてしまう。

蟬は数年から十数年を幼虫として地下で暮らし、ある夏、地上へ出て脱皮し、羽を得て一夏だけ成虫として生殖を行い、死ぬ。幼虫はそれが目的で長年、土を掘り堆肥《たいひ》を食い続けるのだ、と、その生活様式を知った人は、想像する。

もし、仮に、蟬に人間の意識に近いものがあったとして、あったとして、である、ならば幼虫のときは、さぞ、あと何年たてば外へ出て飛び、生殖をしようなどと、期待していただろう。

人間の意識のないものにそれを投影するのは愚かだが、そうするのが人の意識というものでもある。

来年は羽が生える、空を飛ぼう、と期待に溢《あふ》れていた幼虫がふと気づくと、否、気づくことはありえないのだが、あるとき昆虫でなくなっていて、菌になってしまっている。

　もうじきだ、もうじき、生の極みを体験できる、そんなふうに考えて土を掘り堆肥を食い続けている幼虫なのに、ある日、おや、なにやら身体がおかしいな、ああ、けだるい、あまり食いたくもない、動くのも億劫《おっくう》だ、眠い、動けない、と、不調がつのる。そのうちどうにもならなくなって動きを止める。

　やはり気づけば、と言いたいが、もしたとえ意識があったとしても、気づくことはできない、気づいてしかるべきときにはもう彼は茸になってているのだ。

　どこまでもいい加減な勝手な想像でしかない。

　だが、自分と人に引き寄せたこんな想像を恣《ほしいまま》にしてしまうのも人間ならではなのだ、だから続ける、こんなとき、ある筈《はず》のない、しかし想像されて止まない、幼虫の意識の痕跡が感じるだろう、この無念をどうしたらよい。

　最も欲しかった生の極みの営みに至る手前で未来を奪われた者が、自ら望んだものではない、奇妙な、異様な、思いもよらない、別の生命になってしまっている。

　あ、自分がいない。

　しかし、こうも考えられる、それは羽化にも劣らない、別の飛躍なのだ。

意識というものがあれば無念とも思うかも知れない。だが、形を変えての生命の別の進展の逞しさは、それを無念がる意識というもののそもそもの無効を知らせているかのようだ。

意識は真にわたしを動かしているか。

何事かなす、そのとき、わたしは意識の統御のもとに行為を完遂《かんすい》しているか。嘘だ。意図も意識も、事後的に説明として、あたかもあったかのように語られる。何によって動いているか。何によって動かされているか。わたし、は。

夜がきわまる頃、月は昇っている。

雨もない。

洞窟に入ったままなのに月のある位置がわかる。黒傘茸がざわざわと一方に向かうからだ。月光に向かう性質があるのだ。だがこんな洞窟の中でも僅かにせよ月の光はとどくのだろうか。

薄明るいのは月光だったか。ではいつから射し込んでいたのだろう。

どうも時間がよくわからなくなっている。

ただ確かに黒傘茸は蠢《うごめ》き始めた。それは最初、洞窟の入り口のほうに無数の、微妙な灰色の縞《しま》のある何重にもなった八角形の傘の先を向かわせていたが、そのうち、不足になったらしく、少しずつ伸び上がり始めた。それとともに、むしゃ、むしゃ、という、少し湿った音をたてて全体を波打たせ、それらは自分たちの生えている本体を持ち上げて移動しようとするのだった。

中にある死体の肉はほとんど黒傘茸の養分になっているだろう、だがその芯にあるもの、骨は、まだまだ健在で十分な硬度を保っているとみた。茸《きのこ》たちは幾本もの白い棒を支えに、また自分たち自身の根塊《こんかい》を筋肉としてその伸縮力によって立ち上がろうとしていた。

するとこの、私よりは小柄とはいえ百五十センチは超えるだろう屍《しかばね》を、茸の組織だけで起き上がらせることになるのか、ただただ見ていると、それは歩くことを今覚え始めようとする幼児のように不器用にしかし倦《う》むことなく、何度も倒れ転がりながら、ようやく筋肉として働くこつを覚えだしたようにゆるゆると歩き始めた。

歩くといっても、両手にあたる細長い部分と両足であったところのさらに長い棒状の部分を使ってかろうじて這うようなものだが、黒い傘の群れを微妙に盛り上がらせ絶えず細かく振動させながら、それはどうにか動物の動きに近づいていた。

私の前を四つの足で、歩くというよりはばらばらに一本ずつを微妙なバランスで移動させて通り過ぎてゆく。

それがどこまで行くのか、見届けたくなって、後をついていった。

気の遠くなるような緩慢さだが、どこまでも進む。

気が遠くなっているのはさいぜんからだ。

動き出した黒傘茸は一層強い臭気を発し、それは最初よりさらに薬品臭い。不快ではないのだが、これは長く吸っているときっと酔うな、ならばそれもよしか、そう思って、絵を置いた場所だけを確認の後、私はそろそろと外へ向かった。

純水というのはもうない。どこかの研究室に人工的に作られているものだけしかないと思う。

自分たちの口にする水には常に微細な菌と胞子が含まれている。ほとんどのものは無害で、ときに身体の機能に必要となる菌もある。さらに稀《まれ》には身体を侵す種類の微生物もあるが、それを排除するためにあらゆる飲料水を蒸留するのは損失の方が大きい。

既に相当の度合いでわれわれは菌と共生している。実は純水こそ現在のわれわれには猛毒だというではないか。

嘘だろう。確認していない。だが、全く水しか成分にない液体があったとしたらきっと自分の身体ももう受け付けないかもしれない。自分たちは外部に向けて常に有機的な関係を持つ。そこが閉ざされると死滅する。

それも嘘だろう。

生物のあり方などこれまで考えたことがなかった。

手にしたカプセルの中の液体は、これが純水なのだろうか。完全に遮断されたラボで蒸留し特別のガラス容器に無菌のまま封入された。違うか。無菌なのであれば純水でなくともよい。人の踏み込むことのない、蘚類も菌類もない高原で、厚い岩盤を通り抜けてきた僅かの水分を集めた。

どれもこれも確かめたことではない。そのように想像するのが自分には快いだけだ。

常に身に着けていたい。

上着のポケットに入れてみた。わからない、中にある透明の液体は何か。わからないが、それが手の中にあるだけで、埃《ほこり》や腐敗物の堆積の形作る現在の生活空間にふと真空の穴が開いたような気になるのだった。

錯覚だ。

でもよいと思う。自分は一日手元に置いていて、ときおりそれを意識するたび、これだけは他者にまわしたくない気が強まっていた。

身に着けていよう。

鞄《かばん》やポケットに入れているとなくしそうだ。金属の枠を作って鎖を取り付ける。首にかける。どうだろうか。鎖が切れて落としそうだ。人に見せるのもしたくない。シャツか下着に縫いこんでみるか。着替えのときなくしそうだ。なくしそうだと思うと何をしてもその想像から逃れられない。

体内に入れてしまうのはどうだろう。口の中に入れてみてもずっとそのままでいることができないから腹を切って縫いこもうか。あまり大げさすぎる。というよりそんな手術ができるとも思っていない。そして膣《ちつ》に入れることを決める。必要なら出せるはずだ。

よろめくような動きなのに強い。押し返しても抵抗する。

動き出した黒傘茸はよほどの抑えがないと留まらない。めざしているのは月光だ。あまり眺め続けていると内臓が反転してしまう月だ。茸《きのこ》には相性がよいのだ。洞窟の外には白い光が差している。既に中天にある満月の光だった。両手を広げてかざしてみると昼とは異なる皺《しわ》がめだつ。こんな皺があったのか、ひどく意外な気になり、そして光源に目を向けたくなる。短い間ならよいのだが、自制心がなくなりそうだ。それで私は黒傘茸の動くさまだけを見ることにした。

月の光のよくあたる、木の影のない、少し開けた場所にくると、黒傘茸の塊は、半ば立ち上がるような姿勢になって、左右に大きく揺れながらいびつな円を描くように歩いた。

徐々に動きが定型化してきて、なにやら踊るように前足を、かつては人間の腕であった部分の成れの果てを、振り上げ、振り上げ、そのたび生え集《つど》う無数の傘がリズムをとるように波打つ。こうなってくると、もう茸というよりは黒い蓑《みの》をかぶった人間が、月の下で盆踊りでもしているような格好に見えてくる。

それだけでなく、どこから出てきたか、黒傘茸の塊が他にもある。大きいもの、小さいもの、三つも増えている。形から見て犬か猫ぐらいのがふたつ、もうひとつは微妙で、人間なら子供、動物ならかなり大きい。いずれも四本の突起を使って移動している。死体を中にとどめているのだ。

中のひとつは骨がもう弱っているのか、立てず、這うように動いている。もうひとつはときおり跳ねる。黒傘茸が飛び上がるのを初めて見た。

三つの内で最も大きいのは転がるようにして移動し、たまに人が立つ形になって揺れ動く。そしてまた転がる。

私の追ってきた最大の塊とともに踊っている。といって、踊る、というのは私の見方で、勝手な動きに統一されたところはないが、しかし、どれもそれぞれに一定の癖をもって動きまわるので、個々に意志があるように見えてくる。

おそらく、芯に骨のような硬いものを持っていない塊ではこうは動けまいが、しかし、ただ転がっているだけであっても、あの特徴のある傘をうねうねと動かして、月の光に、あるいは月そのものに触れようとするかのように、伸び上がっている。

それはこの洞窟の前だけではないなとわかる。この山の中で、今、一斉に黒傘茸が蠢き始めているのだ。

そろそろ本当に気が遠くなってきた。

絵を盗む者もいまいから、どこで倒れても明日の朝、意識が戻ればよいと思う。

気をつけなければならないのは内臓の反転だけだ。

私は腰をおろして膝を曲げ、いつ倒れても危険のない姿勢で茸たちの不器用そうな舞を見続けた。


遠延《とおのぶ》は役職の名だが、そのまま彼の呼び名になってしまっている。

菌糸類の植生と繁殖方法を調査報告する仕事だから科学者の資格を持つが、自分の意識にとって遠延は特定の者しか指さない名になっている。

「外部繁殖なら当人が死なない限り、皮膚の一部から子実体がいくつか出る程度だ。ただし死ぬと全身に繁茂する種類の菌もある」

遠延はこう始めるのだった。その言葉は、必要があって計測した結果の報告のようで熱がなかった。

「内部繁殖のきっかけは今のところよくわかっていない。意識のあり方が引き金になることもあると思われる。あらゆる免疫系疾患がそうであるようにだ」

そこには自分への微かな憐れみのような靄《かすみ》がかかってきた。

遠延はこの自分が異質になってしまうのを厭《きら》うらしい。自分が彼とたびたび性交した女だからか。今では性交の意味もかつてとは異なるはずだが、昔気質の遠延はそれを愛し合うことの表現ととらえているのか。自分はどうなのだろう。

わざわざ透明水カプセルを体内に挿入するつもりだ、と知らせに来たのはこの男にだけは特別の意識を持つからではないか。自分は他に二人、常時性交相手がいる。あとの二人には語らない。

それより、気になるのは膣内に入れたカプセルは性交の邪魔になるだろうかということだが、ならないはずはない。これを入れている限り性交は不可能になる。そんなことはわかっている。遠延はこれが自分の性器の敵だとわかっているからやめろと言うのだろうか。

出し入れするつもりならできないはずはない。だが自分は、この、絶対透明の何かを、絶対を帯びたものを、体内に持ち続けたいのだ。

「綴じ者になりたいか?」

なると決まったわけでもないのに、問う、遠延の目の端が少し侵食されている。それは内部繁殖ではないだろう、よくできる目端茸《めはしたけ》のごく小さい菌糸だろう。

でももう外部も内部もわからないな、と思う。そう言うと、遠延は、

「そこを区別するのが俺《おれ》たちの仕事だ」

と言った。

こういう、自然に対する人工的な区分とか法則とか規定とかを基本に考える方法を身につけた人を自分は理系の人と考えていて、そしてよくわかった、遠延にだけ相談を装って告白しているのは、自分が、理系の言葉で身体を拘束したいからなのだ。


目覚めて晴れて、送り道にいる。

気づいたときから明るくて、随分前からだった。

右手に絵の包み。異変なく洞穴の壁に立てかけられていたのを脇に持った。

そういえば昨夜は盛大な茸踊《きのこおど》りだったが、今朝見るとどこにもいない。いないはずはなく、私の周囲に見当たらなくなっただけだが、どこかに集合所があるのだろうと思う。気紛れな動物のようにでなく、その菌糸の要求に忠実に向かうところを決める。

腐葉土があれば遠くから薫る香りに沿って集まり、重なり、各々の動きに他者への配慮なく、磁石に取りつく砂鉄の粒々のように無造作に集合する。先に届いた者が下になり後から引き寄せられた者は上に乗る。特別ということがなく、何の作為もない。

黒傘茸の呼び寄せられる場所が森の奥、奥の奥にあることを想像した。

今、私は、できるだけ作為なく動いているつもりだが、だが、昨夜のように月の光が輝かしいとどうしても見とれてしまい、内臓の危機を招いてしまうというあたりがやはり人の仕様《しよう》もなさだ。

思いつつ歩き、思いつつ進み、行き着いた一帯の木々の枝には、どれも丸く膨らんだ青紫色の塊が下がっていた。

オオクベ菌というのだったかと思うが、樹の内部に入り込んだ菌が、その一部を巣として増殖し、変形させているのだ。

ちょうど大きな茄子《なす》のように見える。

表面は滑らかで、つやさえあるので、これが菌による異変、いわば病んだ枝の一部なのだとはとても思えない。菌のせいと知らなければ不思議な木の実のようだ。こう見ていると病んでいる、というのもおかしい気がする。

ぼよんといった様子で大小無数に下がっている。青黒い楕円の塊の間をゆく。中に人の背丈よりやや高いところの枝から大きく垂れ下がって、先が地につきそうなものが目の前にある。ちょうど人の入った寝袋のようだ。害はないと聞いていたので触れてみる。思ったより硬い。ぶよぶよしてはいない。その形態から、中には粘液がいっぱいに溜まっているといったような想像を誘われるのだが、違った。

このあたりはオオクベ菌の全盛地ということなのだろうと思って進んでゆくと、また違った種類の菌によるらしい瘤《こぶ》が見つかった。

色は銀色に近い。白っぽく、表面のやや透き通った繊維のせいだろう。形は、これに近い形の菓子があった、何だっただろうか。

しばらく見ていて思い出した。金平糖《こんぺいとう》だ。

全体的にはほぼ球形で、かつ、大小の棘《とげ》が無数に出ている。

大きさはオオクベ菌由来のものよりは小さいことが多い。テニスボール大からバレーボール大が大半だった。こちらの種類の変形をもたらす菌の名は知らない。なので触れることはやめた。

茄子型瘤と金平糖型瘤とが混在する地帯へ来た。

樹木は大方が橡《とち》の木だった。樹木の種類によって付く菌も違うのだろうと思うが、ここではいずれにも何かの瘤が付いている。だが、同じ樹に茄子型と金平糖型の両方が下がるという例はないようだった。

そこも過ぎると再び大茸《おおきのこ》樹林が始まった。これはつまり、平地により近づいたということで、そろそろ民家も見え始めるだろう。ならばこの稗田の絵を渡すべき相手も近いということだ。

膝の位置くらいのものから、見上げる高さに巨大な傘が開いているものまで、大型茸の群れだ。この地では赤茶色の傘が多い。白いものが次いで多く、ときに薄青い色と鮮やかな黄色も見られる。赤茶には丸い、黄色がかった斑点がある。白色のものには細かい棘がある。

下から見上げるばかりの茸の傘の表の色はわからない。裏側が見えるだけだからだ。これはいずれも乳白色で、太い軸を中心に放射状に襞《ひだ》が広がっていてとても規則的だ。周囲が翳《かげ》る。

空はほんのりと晴れている。だが薄雲が多い。目醒めた際にとてもよく晴れたように感じたのは誤りだ。温度はある。明るみもある。それでも直接の日光によらず、薄い紗《しゃ》に遮《さえぎ》られてくる光だ。

こういう日を茸類は好むと聞いた。

大型ばかりに目を奪われていると、足元にいきなり火炎茸《かえんたけ》が恐ろしいほどの緋朱《ひあけ》色を目に焼き付ける。猛毒と言われている。触れただけでも危ないそうだ。にしても鮮やかで、火炎と呼ばれるのも頷ける。

道の両側に沿って、これは「袖《そで》集団」と呼ばれるそれか、傘はかなり大きいものの、比較的背の低い種類が帯状に繁茂する。傘の上中央部に星形に裂けた小さな穴があり、そこからときおり、ぽっ、ぽっ、と湯気のようなものを噴き上げている。胞子を噴いているのだ。この種類は雨の日は穴を閉じる。雨中では胞子を噴き出しても広くまき散らすことができないからだ。

それは細かい胞子の作る煙幕なのだが、見ていると、ふと、何かの形に見えてくる。

昇りあがる龍のような形、佇《たたず》む女のように見えるもの。

さらにまた、数歩先に広がるそれが包みこむ無数の手のようだと見れば、どうも指のひとつひとつまで確かめられる。深海に潜んでいそうな魚や水母《くらげ》。渦を巻くもの、四方へ網を広げるように散るもの。

名づけようもないが、夢に見たように思えてならないもの。

この種類の茸の胞子には、あるいは幻覚を促す成分が含まれているのかも知れない。面白く見とれてしまう様子なのだ。

・菌類の論理というべき有機的な一見無目的なしかしなくてはならない方針。
・当人にとって望ましい踏み外しというのはないけれども、踏み外すことがなければ成立しない部分を常に持つこと、それは望みとは別の必然性があって、それなしに意識は存在しないこと。たとえば恋愛が究極的には好き嫌いで決まっていないというようなこと。事故ということ。
・くらげが浮いている感じでいたいのだがときどき砂浜に打ち上げられてしまう。あ　乾く。
・時代地域を問わず、人間全体の一パーセント弱は必ず統合失調症を発症する。その資質が真に人類にとって負のものであるのなら既に淘汰《とうた》されているはずだがそうでない。これに対し、統合失調症になり易い人々は人類にとっての保険ではないかという説がある。彼らは極度に孤独に強いためである。大規模災害や天変地異により最も過酷な状態に陥ったとき、統合失調症的資質の持ち主はそうでない者であれば自殺しかねない場合でも坦々《たんたん》と生きるという。
・恐怖映画を見ていると落ち着くのは、先に惨劇しかないことがわかっているからで、ゆえに、そこへ至る暗い道の暗さをゆっくりと慌てずに見ていられる。一番困惑するのは先が不確定であることだ。不確定であることは途中の何かひとつを違《たが》えれば全く異なる結果が来るかもしれないことを意味している。すると自分という限定された個にとっての選択肢が多すぎて、どれを取っても後で悔いが残ることが感じられる、あるいは、個の利害しか目に入らなくなることでその過程をすべてカットしたくなる、つまり、時間の経過に耐えられなくなる。そして焦らずに過ごすことが難しくなる。この、今に耐えられない自己の意識が「何をやっても悪いことしか起こらないとわかっている他者の時間の細部」への沈潜に逃避させる。

・幼児が泣くのは、食う、寝る、排泄する、という、生にとって必然的な営みを行うとき以外の過剰な時間の重みに苛《さいな》まれるからだ。
・結局、つまり、実のところ、やはり、当然、本来、そもそも、こういった語を使わないでものを考えるということ。
・客観という不可能への憧れ。
・望ましいものは意図していないところで見つかることが多いが、そうした望ましさによって導かれたよい結果が当初の意識の求めたものであることは少ない。

・自己の資質が他者に驚きをもって受け取られるとき本人にはその驚きの意味がわからない。
・意識とは事後説明の集積である。
(「交換せよ」として差し出された紙片にあった記述)


気《き》泡茸《ほうたけ》は大きいものではバレーボールのボールくらいで、中に水素ガスを多く含むから、細くて弱い柄で支えられなくても自分で浮く。

これをたくさん採取して柄のところをぎゅっと縛ると、気球の代わりになる。人一人くらいは浮かせることができる。

遠延はそんな話を始めたが、自分には彼の意図するところがわからない。

破裂性の綴じ者は末期になると人体の輪郭さえ失ってしまうが、その動ける最後のところでこの茸気球《きのこききゅう》に身体を縛り付けてやれば空へ舞い上がる。

遠延の表情から読み取れるものが乏しいのはいつものことだが、他人から何か直感することが不得手という理由が一番大きいに違いない。

「綴じ者、綴じ者、と測学者らしくない言い方だ、正しく言おう、内部《ないぶ》性菌繁茂症《せいきんはんもしょう》者《しゃ》だ、彼らの意識の在り方は俺にはわからないが、施政法《しせいほう》以来、完全に崩壊するまでは人間と認められることになっている。だから彼らの身体を勝手に気泡茸に縛り付けるのは人権侵害なんだが」

言うことはわかるが、それを自分に告げてどうするのだろう。でも聞く。

「でも俺は思うんだ、彼らの身体の五〇パーセント以上が菌組織になっている場合、彼等に人間の権利を認めるとしても、その望むところは既に菌類のものじゃないのか。じゃ菌類の望みって何だ？　それは結局繁殖することだけだ。違うか？」

問われたのでそのとおりだと答えた。

異論はないが、でもどこか違う気がする。人間の類推で茸たちを測るのは違う。けれど、では、茸に望むところがあるとすれば遠延の言うこと以外であるのか、やはり人間の考えることとしてそれは間違っていない。でも。

「だから、末期状態の彼らを空に浮かせるのは彼らの身体の半分以上になった菌の最も望むところなのじゃないか。なぜ空に浮かべるかといえば、菌繁茂が限界まできて身体破裂が起こったときに、空からなら地上で破裂したときより比較にならないほど広範囲に胞子を撒《ま》けるからだ」

それにしても不思議な気がする。どうして彼は茸ののぞむところなどを懸命に考えているのだろうか。綴じ者の意志というのは今まで、探ろうとしてわかったためしがない。

そうか、人間の意志としてそれを知ろうとすることが間違いで、茸の意志と考えればよいのか。

でもどこか違う。茸は人間のように考えることはしない。遠延はまだ空で破裂する菌繁茂身体のことを語る。自分は続けて聞く。

ほろりだか、ころりだか、もっと軽く、耳、耳の穴、耳の、穴から、右の、空気に、ほろ落ちる速さのゆがみ緩《ゆる》むほどの軽さで、かかわらず、球の、塊の、粒の、芯にはごろごろと、こくこくと、したのが潜んで、そんな白い、白毛包みの、白く包まれた小さい、白の毛玉のようなな塊、出るわ、耳から、今日は三つ、右からばかり。あの、なんとかのチーズ、あの白いくにゅりと中の柔らかい、あの周りに生える、ちょうどそんな、白い細かくてやわらいですべっと滑らかな、白い毛の細かい。

来た来たと頃合いを、見計らって、ほほはばと受け止めようと、するが、素早い、小動物のがらりと、ように掌《て》をころ滑って、ほん転がって、道路にた落ちる、黒のアスファルトの、今は雨なくて乾いた、埃道《はこりみち》の、上に、さらにもの逃げ去るからのように、その羽のみたい、軽みを忘れたかみたからように、ただもののころころと、ふたつも三つも、ころころ、ころころと、ほろりとほろほろと。

確実な、確実なな、芯に、中に、含まれているな、これはに、小さいちさい脳だ脳のかけら、白い、白いな短いな、細かな毛にうく包まれて、出る、出てくる、とっく逃げ去るのだ、減ったもうどれだけ減ったことだろう俺の脳。

嘘でなく、十年前のことにどうして思い出せ、ない。名はどうにか言える。言葉がええとお出にくいのは、えええとお、そしてあわあわとかくらくらとか、うおっと、とか、そういったのばかり増える。

どうしてか、深刻なことに思え、いえ思え、ないのだが、不安なはずで、ないか脳、脳からに、しるりとしんのりと、それ、冒される、それ、それ、かびる、それ、黴に、ゆるり、ゆらり、ふいともうやられているか、ともどもに、おもはらしくてな、何を怖がるか、ゆっとり思うはどうにも、ろんとない、論もない、しがらけて岩肌《いわはだ》る、転がり、本日三つの、明日は、昨日は、右から五つも八つも、増える葉も間なら思おう、この黴だか、なんやろう、その、菌、菌か、菌は何が、どこが、ほら、出る、固まって、白い、菌、その、その、菌糸、そうだ、菌糸の、細かい、細かく、細ぼそい、白い、微々とした、無数の、小さな、微かな、僅かな、それが、耳。から、はふわりと、ほのころりと、出るる。

感染《うつ》る、ものかは、どこに、よっとの、これの、元から、どこから。来たものか。はい。貰《もら》いましたです。どこかかか。余所《よそ》いきの、行き島の、もらいましたです。すものなら、大きくて、身に生え生える、傘のだんだ広がる、ゆふ真似《まね》の、それ、あの、それ、それ、きのこ、そうだ、きのこなら、あるたろう、たろうが、次郎が、しかすが、なにえ、なにゆえ、上、この肌えでなくとも、首に、頭に、生えるなら、きのこ、きのこ生やすなら、いつでもある、のに、のにだ、なにえ、なにゆえ、如何《いかん》して、この内耳の果ての脳に。それが黴というぬなら。もらいましたは誰からの。

わけわからむになりゆくかも知れず、口にできる間短し、乙女よ音にも聞け、そのぼんやるりしたり頭の、言葉ばかり渦巻くが、それも、あのもうじき、じき消えてゆく、黴になって、全身、黴になって、かびて、かびて、これこん限り、俺という、俺が、消えてそこに真っ白の、ふわふわした細いつましい毛のたくさんこまかく生えた、あのチーズ、あれに生えるみたいな、そんな黴になって、このガードレール端に、道端に、鉄の枠に、ひっついたまま、そのとき俺はいない、白い柔毛《にこげ》だけある、恐ろしいか。違う、のだぞ、それはよいでない、嬉しゅうない、苦しゅうない、のだが、のだが、だが、あんゆりしてくるのだ、そのあんゆりが、何やらともなし、忘れるが楽しかろうのだ、消えるもあわはわな、揺らぐがおもしろいのだ。きたきたて、この手がもう指もますぐない、伸びもせず、えひもせす。じっとり背にじっとり、待つ、その間に、身動かぬで、な、この日の、晴れ、晴れても、芯に響く、耳の奥、伽藍堂《がらんどう》、罅入った、俺の頭蓋、頭蓋骨の、中まで乾く、この雨なき日々の道端、しがみつく、白い塗装が、少し擦《こす》れて、やや黒に汚れた、白いガードレールが、俺の、今の、支えかも、知れず、しれーず、乾いて、白く、いずれ、全身、道端で、このころころと、ほろりころりと、転がる脳のかびた俺だ。

稗田の絵だ、いいか、稗田だ、そう告げた人から、遺言だからとまで言われて、森に来たのはこれも徹底的に作為である。

だが方向が決定した後は迷いなく、雨の中も、月光の下も、茸樹《きのこぎ》の合間も、何かに従って進んだはずだが、まだ受け取り手は現れない。

この人は違うだろう、道端。ようやく出た舗装道路の。

全身真っ白に黴を生やして、ガードレールによりかかった姿勢のまま半ば溶け、そして再び固まったかのような、もう人間というべきところは二割もないくらいの、ひしゃげた、顔がかろうじて見分けられるこの人だ。

だが、確認はしたい。

「あなたは受け取ってくれますか？」

すると相手は薄く眼を開け、

「ほろり、ころり」

と言うばかりだ。

通り過ぎた。

まだ先に行く。舗装道路を下って行く。

ふと、自分の意識の進み方が、この山に来た時より速まっている気がした。

何か違う人になっている。かどうかはわからないが、だんだん、外よりも自意識を意識するようになっている。呆然《ぼうぜん》と周囲を見ることが減っている。それは、茸森で多量の胞子を吸い込んだ結果だろうか。

身体に茸の生えた人、菌に侵された人は、人間の意識を薄れさせてゆくのではないのか。違うのか。菌の侵食は、あるいは、人の意識の領域を狭めることによって、かえってそれを濃縮してしまうのではないか。侵食されれば最後に意識は死ぬ。ところがゼロと一が無限に異なるように、完全に消え去る直前まで、意識は、どこまで損なわれても頑強に消滅と戦う。さっき、潰れたようにガードレールに付着していた半分人間を終えた人の、生きと死に物狂いの目を見たことが、こんな想像を呼んだ。

私も、わが意識を、強めているのだろうか。

「またえらいものが出てますよ」

と妻に言われて、起きてみたら大きな真っ白の珠《たま》ばかりだ。庭を転がりまわって、何かにぶつかるとぶふぅ、といった調子で夥《おびただ》しい粉を噴く。昨日まで何もなかったのがいきなり出てきたので妖怪かと思ったほどだ。いや確かに妖怪かも知れぬ。思い当たるとすれば、昨夜、描き残しの青絵の具を庭に出しておいたことだが、絵の具に惹かれて寄ってくるという話は聞いたことがない。

これほどよく転がるのは見たことがないが、おにふすべ、という種の仲間らしい。球状のこれも菌である。あちこちの小さな裂け目から噴く白っぽい粉は胞子である。

毒はないといい、食えなくもないと聞いたが、私としては料理に用いる気はない。

一昨日までの雨がやんで、よい月が出た次の、今日は風がなく、薄曇りながらやや陽光もあたる、その気候がこの白丸球《しろまるたま》の気に入ったのだろう。雨の中ではいかに転がったとて胞子の広がりがない。

気づけば温度も昨日よりは高い。ゆらゆらと陽炎《かげろう》でも昇りそうだ。

「ひどいもんだな。そういえば」

と妻に話しかける。

「ゆうべ、なんか空でぼっかーん、てな音がしなかったか?」

なにやら上空で破裂したような、そんな塩梅《あんばい》だったが、といって飛行機事故というような凄惨なものでもない様子だった。

「いえもう。ゆうべはぐっすり寝てしまって」

ああそれは、まだあの一夜茸遊びの疲れか、なるほど眼の下に隈が浮いているな、と思ったがそれは言わず、

「心深いものだってあいつが言ってたな。齢《とし》とったよ、遠いところにね」
と、おにふすべさながら思いついたことを順序立てずに噴き出しながら、もとも
と何を言おうとしていたのか、心もとなくなった。
やや頭を上げ、
「要するに、ゆうべのうちに、なにやらかにやらいろんな胞子が空から降ってきて、
そのひとつの種類が急に育ってこんなものになったとか」
「でも一日でこんなに？」
それはそのとおりだが。しかし、菌のたぐいにはもういつも驚かされっぱなしな
のだし。
もの言う間にも、おにふすべたちは転がっている。風によるのではなく、自ら重
心を移動させて動くようである。
それが、最初のうちは石段を転げ落ちたり、家の壁にぶつかったりしていたのだ
が、そのうち、互いにぶつかり合う度合いが増え始めた。なにやら力士のぶつかり
稽古のようにぼんぼんと衝突し合い、そうするたびにまたも盛大に胞子を吐く。
あたりが例の、やや生臭い、きのこ臭いにおいに包まれている。
庭が濛々《もうもう》としてきた。霧ではなく白い蒸気に包まれた様子に思えるのは、生暖か

い温度が感じられるからだ。このおにふすべの胞子の作る白い煙幕は、どことなく人肌に近い温《ぬく》みがある。

そうか、風呂だ、風呂の湯気のようだ。そんなことを思った。

吸って毒はなかろうとは思ったが、このまま庭に立てばのぼせてしまいそうだ。

「今日はもう庭には出ないほうがよくないか？」

と妻に言うと、同意であった。

まだまだ胞子は出るらしく、どんどん周囲がかすんでゆく。

山間の一軒家なのだが、こんなふうになると、なんとなくこの世から消えてしまいそうに思えてもくる。

もやもやとした世界を見ながら、妻に言う。

「もともと『ふすべ』というのが丸ころい茸《きのこ》で、その大きいのが『おおふすべ』、それよりもっと大きいのが『おにふすべ』。じゃあこれより大きいの、知ってるか？」

「いいえ。知らない」

「『におうふすべ』と言うそうだ。臭《にお》うからじゃない、仁王さんの『におう』だ。鬼をもひしぐ、つまり鬼より強いからだってさ」

「じゃ、それよりも大きいのがあったら、『如来《にょらい》ふすべ』?」

「かもな」

たわいもない話をした。そんなで絵もかけず、この日は過ぎた。


集落らしいものはまだ見えないが、随分と降りてきた気がする。

「気がする」自分というものを少しずつ森に撒いてきたような「気がする」。だと思う、という言い方が残念だ。「だ」で決定できる世界が求められていた。空腹なので何か食いたい、というときの清々しさはどうだ。空腹は主観だが最も確実性の高い主観で、そこに感情的な都合が加わる度合いの低さは客観と似た感触の確かさがある。今、私はひどく空腹だ。

そろそろ手持ちの食用菌類もなくなったので、どこかで調達しよう。

顧みれば茸森《きのこもり》が赤茶色を主に僅かずつ多色が混じって何かの油絵のようだ。稗田の絵の作者はおそらくこの色合いを見て描いたのだろう。

道路の片側が崖になっている。

もう片側には今もまだまだ続く茸の見送りだ。

山を越えてくるうちに自分の意識が減ってきている。減った自分は、呆然とする余裕をなくして、むしろ一層濃い意識であたりを見、自分を考える。意識は全体量が減ればそれだけ執着を増すのに違いない。

茸たちは今も胞子を吐き、また撒いている。それは私の意識のように減らない。少し重荷だ。自分の考えというものが、局所的な都合から世界を類推し続ける営みが、面倒で煩《うるさ》いのに止められない。

薄まること、希薄になることはできるか。一滴の濃塩酸ではなく、プール一杯の水に希釈されたそれとなること。

右手には事実の重み、キャンバスの重みが確かなのでこちらを意識していよう。風景を見よう。

少し先の道際に、大きく生える茸の傘のひとつの上に、光るものがある。今、目に入った。自然物と思えない。私の意識はそちらに集中してゆく。

意識の寄りつく時間をとってできるだけゆっくり近づくことにした。それが他の思惑を忘れさせる。ただ気になるものに意識が向かう。

時間をかけすぎるのもよくない。一歩、二歩、三歩。

一歩、二歩。

真っ直ぐに視界が狭まるようだ。一歩、二歩、そして膝ほどの高さの、白い、丸い、しかし全体に無数の角のような棘のある、一抱えくらいの傘の上、棘のひとつにひっかかるような形でそれがある。

ガラスか。小さい紡錘形の容器で、透明だ。容器に見えるとすれば中に何か透き通った液体が封入されているということだ。

手に取ればやはりガラスの重みと手触りだ。振ってみてもよくわからないが、やはり中に水か何かが入っていると思う。思うが、これほど完全に気泡を排除して注入できたとしたら不思議である。

誰かがここに置いていったのか。

わからない。だが渡し物とも思えない。

惹きつけられる。理由はわからないが、持っていようと思った。

もう一度薄曇りの空を仰いだ。

絵は誰が受け取るのだろう。

時々のきのこ

菌が語るとか菌が意志を持つとかいうのはすべて間違いで、菌に人間のような人格も意識もない。意志の限界を双曲線としてグラフにしてみると遠く近い水のように動き止まない。そのように錯覚するのは、脳にとりついた菌が脳内に新たな神経結合を作りだし、そこを起点にそれまでなかった思考や発想がなされるからで、自分では思いもよらなかったイメージや思い付きを他でもない自分が言い出すのを知って、それらが菌の思考であり発想であると考えてしまうのである。そういう静けさにみとれていると林檎《りんご》めいた塩の香りとともに四肢の重みまでも忘れてしまう。新たな発想は確かに菌感染によって準備されたものではあるが、それが菌そのものの考えなのではない。夜風《よかぜ》的な思想が燦《さん》たる速度で貫き始める。

遠延《とおのぶ》が基準年と伝え告げる時以後、盈眩《えいげん》菌と呼ばれる菌が世界的に広がった。坪々の地の祈りと憑依《ひょうい》の無残に行き着けば。

それは人間の表皮から身体に侵入し繁茂する。星々の囁《ささや》く緑したたる宇宙から来る。

黴《かび》によるカンジダ症とは異なり、ある時期になると人体から無数の子実体を生じるが、感染して数年から十数年は子実体を結ぶことがないので見かけも変わらず、特別の症状らしいものもない。冷たいそよぎとしじまの香りにはついつい身にまとうのも忘れて冷え死ぬまでの落胆である。

身体能力を損なうこともなく苦痛も掻痒《そうよう》感もないので、常在菌とさほど変わらないものと最初は思われていた。腹腔《ふくくう》からしみしみと萌え出でて傘にも嵩《かさ》にも瘡《かさ》にも見える軟らかな唇たちの群れである。

それでしばらくは特にこの菌の駆除方法が求められることなく、感染者はほぼ無自覚にこれと共生していた。ずっと待つもうひとつの視線をつくつくと刺されつつ、あわいの。

だが盈眩菌は人間の神経線維と同様の伝達能力を持つため、この菌が内部に侵入し、脳に達すると、何らかの意識変化が始まる。探したものに見出されたのはそのときである。

石の際《きわ》をわたり知る喜怒のあわいは黒く雨に濡《ぬ》れて鉛の距離にある。

それは最初、意外な思い付きや経験したはずのない記憶といった形で現れ、驚きをもたらす。くきっと首を捻《ひね》ると首筋からぶりぶりと咲き出すきのこの群れと乏しい見繕《みつくろ》いには本当に助かっている。

感染者には、それが自分の可能性の拡張と感じられることが多い。そのうちに以前からの自意識に反する好みや衝動を伴って、別人格が自身の内部に棲《す》みついたような、跳び。そんな意識が雲。じられ、てゆく。木蔭にまどう心地となる。

そうではない。自身の意識が分裂したような、未解決の魂と指先の爪割れが痛みとともに空家の精神を鼓舞《こぶ》する。それは自分であるとともに新たな神経接続のもたらした、雲のゆらぎとともに跳び、去る人である。違う。自在に語る人ならぬ意志を持ち余り、そうではない。遅々として低頭する。大境《おおさかい》に忍び投げる。これはそこからはそれは自身の言葉とは離れ、かつての分析家が無意識と呼び芸術家が自身の後ろにいる別の人と呼び、探偵の薔薇《ばら》が撒《ま》かれてゆく。最速の、輝かしい盲目と慎ましい分散和音が第三象限に位置するおおどかな、培《つちか》うという言葉のハーモニーには土飼《つちか》う、槌《つち》COW、吐誓《つちか》う、信じることのたまきわる極まりであった。

ああ、きのこ心が湧く。

マルタ語でtossiは「咳《せき》」を意味する。

マルタ共和国はシチリア島に近い島国国家で、確かにそういう言葉はあるそうだが、「綴じ者」の語源なのかどうかは知れない。Tossi者と言われたことからといい、確かに盈眩菌感染の初期症状に咳の頻発が見られる例もあったが、現在ではあまり顕著な特性とは言えず、またどうして遠い島国の言葉が用いられたかもわからない。どちらかと言えばかつて盈眩菌に関する権威とされた我が国の菌類学者、八坂敏雄《やさかとしお》の「トシ」から来ているという説を信じる。

だが今では「綴じ者」という言い方は差別的で望ましくないという意見が多く、「菌人《きんじん》」と呼ぶことが一般的となった。今でも罵倒のさいに「この綴じ者が」と言う人がいることからも、もう用いないほうがよい言葉である。とりわけ現在、菌人は人類の八割近くに達していて、無菌人の方が珍しくなっている。この割合はさらに進むだろう。

災害で家族を失って以来、決断ということを半ば忘れたようにいる。意志で為せることは少ない。運と呼ぶか、運命と呼ぶか、自身に決められない事が多すぎて、また今となっては是非にと気張る、執念を持つことも乏しく、人の間では人の様子もしているが、誰もいない山の中では何もせず気も張らず飢えるなら飢えるままでよいとも思う。

というより人の間にいて人らしく決める、定める、ことに飽《あ》いている。そういう悄然《しょうぜん》とした者は見過ごされときに無視され侮蔑もされる。今であったとて他者からの不当な視線言い合わせは不愉快だから、そういう不当を滅するためには強い言葉つき態度つきも示しておかねばならないときがある。もともとさして弱気な者でないからここぞというときには蔑《なみ》してくる相手に圧《お》されることもないが、しかし、他者の胸内《むなうち》を逸早《いちはや》く察して企み、動くことはなべて面倒である。

面倒なのだ、な、と気づいて、人里を離れ、木々と巨菌の繁る森の奥、標高は高くないがどうにか山と認められるような地に来て、さてどうするか、確か、今は見捨てられたがかつては機能していた山小屋が、かろうじて雨露をしのげる程度には健在と聞いている。

どうせのこと辿《たど》り着かず倒れ伏し果ててもよい、とは思わないが、例の災害以前よりは自棄《じき》の心地が伸《の》してくるのも仕方はない。

せいぜい慌てず、大きなリュックを背負って、苦しくなれば座り込み、それでまだ進むなら、といった心得で、木々と茸《きのこ》と岩の狭い合間合間の道中、おぼつかない足取りを運んでいると、意外に造作なく見出された木組みの大きい、これは雨露をしのぐというよりは数段上等な、さほど廃れてもいないバンガローが大茸の陰から現れてきた。

ややや傾斜の急な三角屋根の妻側が正面で、床が高く、木の階段を上って入る。入口手前がバルコニーで手すりもしっかりしている。よく見ればもともとは黒ずんだ色合いだったらしい壁板、柱、いずれも表面が白っぽく晒《さら》されたような色になっていて、菌によるかと思うが特に患《わずら》うものでもなさそうなので気にせず入った。

扉に鍵なし、少し重めにぐきいと音をたてて表側へ開き、靴のまま上がればひんやりとして、広い板の床にこれまた白く細かい毛のようなものがはびこっているほかは黴《かび》臭さもほとんどない。いくらか埃《ほこり》を払い、端に寄せてあるテーブル・椅子を中央に置けばすぐ住まえそうな塩梅《あんばい》であった。

見上げれば天井板なしで高い屋根裏の木組みが、真っ直ぐ伸ばした手の指を両側から組み合わせたようで規則正しい。蜘蛛《くも》の巣が二、三、端にあるが目立たない。四方にある柱からは何段にもなって細い軸の薄青い茸が伸び、いくつも可憐な傘を広げていて、これはあんまり蔓延《はびこ》ると木が弱るとは思ったが、さしあたっては放っておく。

玄関の真向いにガラス窓があって昼は陽当たりがよさそうである。窓に向いて立って見たときの左右、長方形をなす小屋の両側面の壁に沿ってそれぞれ二つずつ、計四つの寝台が作り据えられていて、どこで寝てもよいようだ。寝袋は持って来たが、と見まわして気づいた。

先客がいる。

玄関に近い方の、自分から見て左手側、一番薄暗いあたりの寝台に、誰か横たわっていた。

寝ているのか、だったら起こすのも悪いか、とは思ったが、できれば挨拶をと近寄り、そしてよく見て、これはもう相当な状態の菌人とわかった。夥《おびただ》しい舞茸《まいたけ》のような子実体に覆われて、衣服も見当たらない。寝台に癒着したようになって盛り上がっている。

おそらく起き上がれまい。頭を入り口の方に置いて右を下に体を横にしたまま、どうにか手足顔の位置がわかるものの、指も目鼻もわからない。男性か女性かも知れなかった。

意識はあるのか、そうでなければ柱に生《お》う茸たちと変わらない、この小屋の一部と見てもよいが、と考えているると、顔の中のそれらしい位置が二箇所開き、中から綺麗な瞳がこちらを向いた。

　次いで少し下のあたりが動き、

「ようこそ」

としわがれた声を発した。声でも性別は判定できない。なんだ見かけによらずまだ人であったかと、お見逸《みそ》れいたしましたの気持ちで、

「はじめまして。しばらくここで暮らそうと思いますが、いいですか」

と尋ねると、

「ああどうぞ。わたしは動けないのでお好きにやってください」

という答えである。

　礼とともに名を伝えると、

「わたしは、そうですね、人間の時は名もありましたが、今はもうほとんど茸ですので、ジンレイと呼んでください」と言った。

　どういう由来か、やや考えたが、そういえば中国語で菌類という意味の発音ではなかったかと気づいた。

　友好的なのはありがたかったが、とはいえ少し考えてしまう。自分はここへ一人

になりに来たのだから、半ば茸とはいえ別人がもう一人いるのでは期待にそぐわない。ここはやはり一人になれる別の場所へ移ろうかと考えているとジンレイが言った。

「わたしは一日のほとんどを寝ていますから、まあそうですね、たまに音声を発する茸と思ってもらえたらよい」

それで、しばらくはここに住まうことにした。どうも居心地が悪いと思えばいつでも出ていける。こうして山小屋暮らしが始まった。

数日ほどの食料・調味料を背負って来ていた。水は裏手にある小川のそれを使う。ボンベ式のガス焜炉《こんろ》も持ってきているので室内で火を使う時はそれで、だが用便は外だ。トイレがないので必要のさいは穴を掘ってそこへする。今はそう寒くないのでどうしても身体を洗いたい時はこれも小川に浸かる。

静かな同居人ジンレイは一日いくらかの言葉の通じる時間以外はほぼ物体のようであった。

食物は周囲にある茸類が豊富で、調味料、油、水だけでかなりまかなえた。表に簡単な火焚《ひた》き場があることがわかり、着火装置があれば焚火《たきび》もできるしそこに鍋を置くこともできた。

茸の毒のあるなしが不安なときは取っておいて、ジンレイが目覚めるのを待って尋ねると詳細に教えてくれた。「それは安心」「それは毒」「それは毒だがよく煮こぼせば食べられる」などだ。

小屋の柱に生えた青茸《あおきのこ》をジンレイは食べられると言ったが、あまりおいしいとも思わなかったので乏しい時以外は使うことはしない。ジンレイ自身に生えた舞茸状の子実体は当人が「食べてかまわない。生でも食べられる」と言うので少し口にしてみたらなかなか美味だったが、とはいえ同居人の身体を齧《かじ》るのは気の進むことでないので、これも、どうしても他に食べるものがないときにだけお願いします、という約束になった。

電気・ガスは使えないが、最低限の利便性はあった。それでも月に一回くらいは山を下りて必要の品を買ってこなければならないだろう。

また夕食のおり、ささやかなものだがと気兼ねしながら勧めてみると「いやけっこう」と言う。

「何も食べないのか？」と問うと、

「身体から寝台を通して床下へ菌糸が延びているので、養分と水は土と木の根からすいすい吸える」

と言った。随分と楽なものである。そして一日の殆《ほとん》どを寝ている。いくらか羨ましいとも思った。

また機会あって、聞けば、身から出た菌糸はこの山小屋の柱・板壁・屋根にまでも侵入していて、柱に咲く青茸も自分の変異した一部だという。

自分がジンレイの身体の中で寝泊まりしているのか、と思うとあまり気分はよくないが、しかししばらく暮らすうちにはこの穏やかな寝てばかりの菌人が好ましくも思えてきた。

会話は少なく、互いの事情を言い合うこともないが、きっとこの人は全的に人間だった頃も、ともにいて不快のない人だっただろうと感じられた。

寝台はジンレイの対角にある、窓側の右手の方を使うことにした。灯りの用意もあるが燃料がそれほど多くないのでほぼ自然光のまま暮らすことにした。夜になると窓から多々虫が入ってくる。閉めてもガラス戸を覆うほどの昆虫がたかった。

小さな隙間からも羽虫やゲジゲジやなにやかや入ってきて、ジンレイにたかり、少しずつ食べている。

虫を払おうとすると、

「いいよこのままで」と言う。

だがしばらくするとそれらの虫は皆、室内に数匹居ついている大きなアシダカグモに始末された。ジンレイの身体に這《は》い上がって思う存分虫類を食っていた。巣を張る種類とは別で、ときおり床を這っている。最初、その大きさに驚いたが、めんどうなたぐいを掃除してくれるのだからと思い、私も手は出さない。あまり虫も蜘蛛も怖がらない質《たち》でよかったと思う。

こんな様子で過ごし方を呑《の》み込んでいった。とはいえ、すべきことも炊事くらいしかないし、ジンレイには本当に気遣わなくてよい心地が納得されてきたので、身なりにかまわず、大して身体を洗うことにも熱心でなく、ジンレイほどではないが一日中ぼうっとして寝台に寝転がっては過去のあれやこれや思い出しながら不活発な状態を楽しんでいた。小屋へ来てから十日が過ぎた。

昼過ぎであった。浅い眠りに何度も落ちるうち、ふと、どこかで会ったことのあるような、気になる容姿の女性がいるなと思うとその人が何か言いながら寄って来て、見直せば全裸である。重そうな胸乳《むなち》の形、ウエストの見事なくびれ、腰の豊かさに見とれていると、指先で下腹あたりをさす。そこは無毛で、丸い陰核が見えたかと思うと、見る見る押し出されるように伸びて、そして小さな桃色のきのこの傘を広げた。

これはまた可愛らしいきのこを咲かせたものだ、とさらに感嘆していると、女の手がこちらの右手をとり、小茸《こたけ》のその向こうへと導かれた。奥へ伸ばす指先にじっくりといちじくの実の中身のような感触があり、そこで夢が途切れると、ここしばらく忘れていた股間の怒張が著しい。

悪くない夢だができれば最後まで、この当て所《ど》ないものをつぎ込むところまで行ってほしかったとそこは無念で、まあそれなら自分でやっておこうと、さすがにジンレイのいる屋内で自慰をするのはちょいと抵抗があるので、森の中、樹と茸の間で思い出し思い出ししながら放とうと寝台を立ち、玄関口まで向かう。すると珍しく起きていたジンレイが、

「大きくしてしまったね」と、なんとも、これが初めてと言えるような無神経な、それも極まった無礼の言葉を例のしわがれた声で言う。

さして見もせずそんなことがわかるのか、とまず驚き、かつ、このとき一瞬、やはり意識ある他者といるのは困ったことだ、というような不機嫌が通り過ぎそうな気はしたが、しかし、それはそうした受け取り方もあろうとわかっただけで、すぐに、この相手ならもう恥じることも気を悪くすることもない、まあそうだ、もの言う家具か、あるいはごくごく親しい身内か、矛盾する感じ方だか何かそこではすべ

てあからさまでもかまわない、そもそも自分がここへ来た時から恥じらいとか気取りとか捨て去ったはずではなかったかと、そんな「棄てた気分」とでも言った感じが多く多く寄せて来て、

「そうなんだ。性欲は面倒だ」

と言い返し、

「しばらく外で仕事してくる」

と告げて出ようとすると、ジンレイが、

「ならここでやってくれてもいい」

「いや、それはあんまり好まない」

と打ち消すと、

「もし嫌でなければだが、わたしの躰《からだ》にある穴を使ってくれてよいよ」

と言い出した。

なに、この性別分からない人は、すると女性だったのか、いや、それとも同性愛男性か、戸惑いながらジンレイの顔あたりを見直すと、それが笑ってなのか、苦い表情なのか、不明だが口らしいところを開き歪《ゆが》めながら、

「性器、というわけではないんだが、わたしにはいくつもそれに近い穴がある」

と言った。

何だそれは、とそのほぼ舞茸尽くしでベージュ色の身体を見直すと、なるほど、穴らしく思えるところがいくつもあった。

普段通り、右を下にしているその上になった左側の横腹に一箇所、少し上の背中に離れて二箇所、左足太ももに並んで二箇所、そして首の近くに一箇所、見たところ、女性器か肛門に見えなくもないへこみがあって、近づいてよく覗《のぞ》き込むと中が赤い。

「指を入れてごらん」

と言われるまま、横腹のそこに指を入れると、さいぜん、指先に感じたじゅくじゅくと濡れる感じがそのままであった。よく濡れていた。そして温かかった。

これまた山の下にいる頃ならよほど当惑し躊躇《ためら》っただろうけれども、いかにも夢が連続している心地のまま、これはありがたいと、まず思った。

女性か男性かは今も知れないが、こんな好適なものを使わせてくれるとは感謝の言葉もない。そんな気になって、

「ありがとう。じゃあちょいとお世話になります」

と言うと衣服を脱ぎ、下着を取って、ぶるん、と立ち上がった性器を振り振り、

ジンレイの上に乗り上げて、さっき指を入れた横腹の穴に挿し込んだ。

やはりよく濡れていて温かく、塩梅がよいと思い、夢に見た女性を思い出しながらしばらく揺すっていると、数週間ぶりくらいの量かと思えるほどのものが出た。

中がどうなっているのか知れないが、これだけ放っても溢《あふ》れてこない。

腰の中心の快い疲労感とともに起き上がり、よかったとかなんとか言うのは下品だし失礼だと思ったので、もう一度、

「ありがとう」とだけ言った。

そして少し考えて、というか常《つね》通り、考えが上るのが遅すぎるが、

「痛くはないのか」と尋ねたがそれも間抜けだなとすぐ悔いた。

「全然痛くない。それに」

と普段よりは少し饒舌《じょうぜつ》になったジンレイが、

「君の体液をもらえてこちらこそありがたい。わたしには人の精液も愛液もあるいは汗も、全部養分だ。おやつをいただいた気分だ。あんまり言わなかったが、実は君の尿も大便も垢《あか》も、人の身体から出るものはわたしにはとてもよいものだ」

じゃあ、とその先を考える前にジンレイは言った。

「といってわたしに便をかけるのは抵抗があるだろうから、それは外の土に埋めて

くれれば、地下に延びているわたしの菌糸が酵素で分解し吸収する。だが、精液なら直接飲ませてもらってもいいし、わたしの身体にある穴がちょうどいいならこれからも使ってくれ」

それが両者両得ということであるらしかった。

「君には性欲はあるのか？」

と問うてみると、

「あるがそれはもう性交には結びつかない形で、そうだな、茸を生やすこととそこから胞子を放つことが一番欲望されるものだ」

とのことだった。

それ以来、数日に一度ずつほど、ジンレイの身体を使わせてもらうようになった。それぞれ別の入り口を使ってみたが、最初のそれが自分には最も適合しているように思えた。

さらにさらにぼんやりする時間が増えた。記憶が夢となって夢が記憶を呼び起こし、どこまでが事実か錯誤かもよくわからなくなりつつあった。

三週間ほどの後、そろそろ米と燃料の不足が感じられたので買い出しに行くことにし、ジンレイの言葉の通じる時間帯に「何か必要ならそのうち買ってくるがいいかがか」と尋ねてみたら「何も要らない」とのことだった。

大分山暮らしに慣れたので下山は大儀だったが、必要な事なので一日かけて街へ行き、背いっぱいの荷を負って戻って、その日は疲れで夕方からゆっくりと寝た。

朝方早く目覚めると、まだ薄青い空気の中、たまたまジンレイが起きている。そして珍しく言葉をかけてきた。

「一度、わたしに犯されてみないか」

またこれも妙な話で、穴はあるがほとんど身体の動かない君がどうやって？　と問う間もなく、

「その気になればいろいろな形の子実体を生やすことができる」

という言葉でなんとなく意図するところがわかった。

「君がそうしたいならいいぞ。毎度お世話になってるからな」と答えると、

「わかった。痛くはないから安心して。じゃあ半日待ってくれ」

と言うと眼を閉じた。

外で用便を済ませた後、戻って横たわったまま、どんなことになるのやらいくらかこわごわ、しかし、仲の良い友人と冒険に行く前夜のような気分でまたうつらうつらとした。

昼過ぎに再び起きて食を終え、どうなったかなとジンレイの寝台に寄って行くと、ちょうどいつも使うことの多い横腹の穴のすぐ下あたりに、見事なスッポンタケ様《よう》のものが生えていた。先の方から粘液を分泌してぬるぬるしている。ただしスッポンタケのような悪臭はなく、鼻を近づけてみるとほんのりとバニラのような香りがした。

色は赤くないが亀頭部は実物そのままで、根元のツボのところもわざわざふたつ玉を抱えたような形になっている。全長は二十センチ近くもあるだろうか、実に立派な茸である。

長さに比べて太さはさほどではないのだが、しかしこんな大きなものが本当に痛くないのか、やや気になって考えていると、目覚めたジンレイが、

「なかなかいいだろう。それにこれは柔らかいから心配ない」と言った。

「じゃあやるか」

と言って衣服を脱ごうとして、いやしかし、聞く話、男性同性愛者たちが肛門性交を行うときは十分に直腸内を洗浄してから、ということを思い出し、中までは難しいがともかく小川に浸かって、と思い、

「ちょっと待って。よく洗ってくる」と言うが、

「君がそうしたいならいいが、わたしを気遣ってなら必要ない。仮に糞便がついてもそれもおいしくいただくだけだ」

とジンレイが言うので、まあいいかと思い、脱衣して跨《また》がった。

「なんなら穴を使いながらでもいい」

それでなにやらうるうると立ってきた自身の性器をジンレイに挿しながら、ゆっくりと、芳香スッポンタケを肛門に納めていった。

なるほど、芯のようなものがあるから撓《たわ》まないが、表面は柔らかく、弾力のあるスポンジのようで、人の怒張した大魔羅とは違い、私の慣れていない肛門にも優しい。しかも粘液がいっぱいで、これこそ理想的な男根ではないかと思った。

入るところまで入れて抜き差ししていると、このあたりに何かある、という位置がわかってきたので、少し腰を浮かしてそこにあてた。前立腺だと思う。そのまま小刻みに腰を動かしていると、随分といたたまれない気分が増してきて、

「これはすごいな」と言いざま、前の方から放ってしまう。

放心したまま時を過ごし、またしばらくして思い出しては腰を揺らし、また放心し、そんなことを繰り返して、ようやく尻から抜いて立ち、

「すごいな」

ともう一度言うと、

「ああ。満足いただけたならさいわいだ」

と礼儀正しいジンレイであった。

ジンレイの模造男根はしかし、射精するわけでもなく、抜いても最初の大きさのままである。

「君には快感はあるのか」と問うと、

「ある。いま君の体内に胞子を撒いた」と言った。そうか、文字通りの茸なのだ。茸の本分を果たしていたのだと知った。

「なかなかいいからこれもまたやろう」と言うと、

「ああ。でもまた次にこれを作るのは一週間くらいかかる」

「そうか。じゃ、待っている」

使用済みのスッポンタケはその日のうちにしぼみ、溶け崩れた。

こうやって私たちは、日々眠り、気が向いたときは入れ、入れられ、そんな様子で、もうあまり月日もわからないが、半年ほども暮らしただろう。

ある日、今日はなかなか目覚めないな、ジンレイ、と思い、まあそのうちにと寝ていたが、二日経っても目覚めない。どうした、と声をかけたが、全く反応がなく、ジンレイ、おい、ジン、と呼んでも呼んでも答えない。

触れてみると、人間の体温がなくなっていた。

眼のところを指で開いて見ると、そこにもう眼球はなく、舞茸が少しへこんでいるだけだった。全身の疑似女陰も中の赤みはなくなっていた。

死んだのではない。完全に茸になってしまっただけだ。

そうとはわかるが、その日から私は本当に眠るだけだった。ものも食べなくなった。起きても何か考えることを避け、動かず、寝台の上にただいるだけだった。

何日経っただろう。ふと、顔の周りがうるさいな、髭《ひげ》が伸びたな、と顎と首に触れると、いくつもいくつも、シメジのようなものが生えていた。背中にも腹にもあることがわかった。

ジンレイがくれた胞子が実をつけ始めたのだと知った。

そうかこれが一番だ。私もジンレイのようにこれから茸になる。全身を子実体に覆われ、横たわり、身体の下側からは無数の細い細かい菌糸を床下、地の下へ延ばし、この小屋の柱・壁板にも忍び込み、ああ、そうだ、そうすればきっともともとジンレイだったあちらの菌糸と仲良く絡むこともできるだろう。

誰か来るなら私にもあれができるかもしれない。誰も来ないならこのまま完全茸になるだけだ。そう思ってまた眠った。

ブルガリアの菌類学者ジョルジ・トノフ（Gyorgi Tonov）の見出した菌分析法による単位が世界的に用いられるようになって、Tonov単位と呼ばれ、これに「遠延」と漢字をあてた例が慣用として記憶されたことが菌検査官を遠延《とおのぶ》と呼ぶようになった理由である。

と、これまで説明されてきたのだが、音読みでないので中国式の当て字ではなく、いったいどういう経緯でこの表記が一般化したかは今もわかっていない。一時は「殿富」という当て字もあったと言い、こちらの方が原音に忠実なのになぜなのか、ある詩人は「菌糸が遠くに延びるイメージに合っていたから、さまざまな漢字の組み合わせの中からこれが残ったのだ」と記している。証拠はないが納得する人が多い。

森に生じる幻影のようにふらりと立ち続けている姿が映像的にはよいと思うのだ

が、疲れるので大抵はふかふかした苔《こけ》のあるところを探して横たわる。すると四方からやってくる。多くはタツノコモリという黒い甲虫である。大きさは親指くらい、フンコロガシに似ているが餌を運ぶことはしない。餌とするきのこがどこにでもふんだんにあるので、貯めておく必要もないのである。彼らはただ近くに見出されるきのこを食うだけである。とりわけ菌人に生じる子実体を好む。それでこんなふうにして森の中で寝ていると必ず集まってきては全身食われることになる。

　彼らは子実体だけを食べるので、痛くないし、食べられて厭《いや》とは思わず、こうして自然の営みに参加しているのも悪くない。そう言えば自分も菌率五割以前は虫類にたかられるのをひどく嫌悪していたが、今ではなんともない。仮にヒト部分まで食われてももうそれもいいかと思う。苦痛は避けたいものだが。

　きのこを食うのはタツノコモリだけではなく、森に棲むゴキブリ、ツツカリや、カミキリムシに似たキノシギムシも、カブトムシの一種であるオオモチグラも来る。虫に貴賤なしとは思うが、このつやつやしたカブトムシが食べに来ると少し嬉しい。

　もっと小さい虫だとシリマキツキという胡麻粒のような白いダニが多く、体長五ミリくらいの茶色で細長いツチマジリや、小さいが足長で六本の脚だけにしか見えないトノイカタラムシ、また中に緑色の芋虫もいくつかいる。厳密には昆虫ではないが節足動物であるダンゴムシ、ワラジムシのたぐいやゲシゲジ、ムカデの種類もたまに来る。

昆虫だけではない。少し遅れてだがナメクジ、カタツムリ、ミミズも乗ってきてゆるゆると進みながらちょびちょびときのこの傘あたりを蚕食《さんしょく》している。

そしてそれらの特に小さいものたちを狙って、しばらくすると茶と黒の混じった脚の長い、脚を曲げて縮こまったさいの幅が五センチくらい、広げると十センチ近くになる蜘蛛たちが登場する。森に多いのはクダチグモというもので、他に色合いは同じで少し小型のタチリグモ、また白くて毛の多いスズミグモというのもたまに来る。見るからに勇ましいククダチグモはとりわけダニ類とゴキブリ類を捕食するのが素早く、見ていてなんとなく心沸く。

稀《まれ》に鼠《ねずみ》類も、またそれらを襲う蛇が上ってくることもある。豊饒《ほうじょう》だなと思う。

こうして自分の身体が戦場になる様子を見ながら、うとうとしている。もっとっと虫たち小動物たちが来て全身生き物だらけになると、アフリカのどこかの地方に伝わる森の妖怪みたいになるなあ、と思いながら、だが修行の足りない自分にはこの程度で、ああ、そうか、森の妖怪は実は悪鬼ではなく、それどころか全身に虫けらをたからせて平気で消滅してゆく仏の化身だったのかなと思いながら、思いながら思いながら。

現在、身体に盈眩菌を持たない人間は稀である。子実体の有無を問わず、いわば無症状を含めた菌人が現生人類である。かつては菌人と無菌人とを分けていたが、無菌人といってもそれはまだ検査の精度が低かった時代に体内に盈眩菌を見出すことができなかった人というだけで、現在の高性能の検査機器を用いれば、七八パーセントの人に菌が見出される。無菌と思われていたのは保持する菌が不活性だったからなのだ。なお残り二二パーセントの人は体表に粘菌が生息する人である。するとの結局、身体から生え出る子実体の有無というきわめて原始的な区別でしか考えないのが現状で、しかも誰もがいずれは身に茸を生やすだろうという見込みのもとにわれわれは生活することとなった。

言語化されることが比較的少ないこの感じ方から菌標準（ファンジャイ・スタンダード）という発想が生まれた。それは菌と共生するための新たな人間観であり、行動様式、生活様式である。

菌婚式（ファンジャイ・ウェディング）です。金婚式ではありません。飽きず何度でもこう言い表すことが儀礼となっている。

親類縁者には礼儀正しく「このたび菌婚いたします、金婚にはまだ五十年ございますが」と記して送ったが、友人知人への知らせには簡単に「わたしたち、きのこんします」と書いた。この言い方が今は最もカジュアルでわかり易い。

当日わたしは両肩の露出した衣装を着た。都合よく肩から茸《きのこ》が出ているからだ。夫となる人もちょうど首に出ていて、式場の人から「理想的な菌夫妻ですね」と言われた。

背中からしか茸の出ていない人は背の大きく開いた服を着なければならないし、それが男性の場合だとかなり難しい。自分の場合、腹からだとちょっと式自体の開催を考えるだろう。足からだと衣服はなんとかなるとしても、互いが同時に、ということが難しい。わたしたちにはそういう苦労がないということだ。

キリスト教信者でもないのに教会風の会場で、神父役の人が「病める時も健やかなる時も……」とかなんとか言い、「はい」と答えるのが従来の西洋風の結婚式だったし、菌婚式でもこれまで大抵、会場は教会風のところを使っていたが、菌婚をやりたがる人が増えるにつれ、特別な造りの会場が用意されるようになった。わたしたちもそのひとつを使う。

ゴシック様式の教会の柱にあたるところがすべて茸の柄の形をしていて天井はいくつもの大きな傘が組み合わさったようになっている。柱にはどれも下の方にツボが、途中にはツバが彫刻されている。そういう柱が左右に、中寄りの斜めの角度で何本も並び立っていて、一番奥の中央には大きなベニテングダケの作り物が直径三メートルにも及ぶ半球形の傘を広げている。白いイボを散らした赤色がひときわ鮮やかだ。その傘の上に椅子が設《しつら》えてあって、できるだけ全身菌化した人が座る。

聞けば世界にただひとつ、本物の巨菌を使ったすべて完全茸の菌婚会場があるというが、わたしたちはそこまでこだわらない。きのこらしいところで、きのこらしく結婚したいというだけだ。

ベニテングダケの前に二人並ぶと、正面に座る「菌父《きんぷ》」（女性なら菌母《きんぼ》）が、「あなたたちは溶けても食われても菌として菌を愛しますか」と問い、わたしたちは「はい」と答えた。

菌婚式には性別は問われないので、二人の人間部分が同性でも異性でもよいし、時に三人で行われる菌婚式もあるという。また妻と夫という区分もそうしたい人が決めるだけなので「あなたは妻として」「あなたは夫として」とは問われない。ただ「菌として」と言われるだけだ。

わたしたちはコンサーバティブなので妻のつもり、彼は夫のつもりである。でもなんかどれもこれも今は「つもり」がすべての気がする。「人間のつもり」とか。

応答の後、わたしは肩を、彼は首を差し出す。

わたしは彼の首から出たポルチーニタケのような茸を口に含んだ。

彼はわたしの右肩から出たタマゴタケのような茸を口にした。

「祝します」と言う菌父の言葉とともに、わたしたちは一気に相手のきのこを食いちぎり、噛《か》み、そしてゆっくり味わい、呑み込んだ。

周囲から拍手が起こった。

こうして互いの菌が体内で混じりあうことを確認して退場し、菌婚式は終了する。

彼のポルチーニは極上だった。

君のタマゴタケも素晴らしいよと彼は言った。

式の後の披露宴では多々のきのことともにわたしたちの身から採ったものも料理され、皆に供される。人から生えた茸に毒はないことがわかっており、また野生と異なり生食しても害はない。ただ、その味は必ずしも美味とは限らない。

ポルチーニタケとタマゴタケなんて、こんな最高のカップルはないね、とその日、集まった皆は言い合ってくれた。

人間部分の容姿に自信のないわたしも彼も、こんな形で美男美女となれたことを心から喜んだ。菌、ありがとう。


ある画家が描いた「稗田《ひえだ》」という絵はそれを見る人に特別な霊感を与えるという話が長らく、何度も忘れられまた思い出され、語り変えられながら今も世の隅でそっと囁き交わされている。

「ヒエダ」と、それを運ぶ者が呼んでいたので「稗田」の字をあてたらしいが、正しいものではないだろう。

今では誰も見たことがないので伝聞によるだけだが、無数の茸の生える野に人が裸体で横たわっているというような絵らしい。いや違う、そう思わせるような抽象画なのであって、特定の具体物を描いたわけではないという説もある。現存するのかどうかわからない。だがこれについての虚実の不明な話がいくつも伝わっている。

絵の作者はこの一作を描いたまま行方不明となったが、消息を絶つ直前、知人に「自分は世界を変えてしまった」と告げたという話。それを聞いた人の解釈では、このときから盈眩菌の感染力が十倍になったことをさしているそうである。

そうではない、絵を見た人の意識を変容させることをさしているのだと別の人は言う。ヒエダとはフィエータであり、脳のような形の子実体を持つ猛毒の菌類から精製される麻薬フィエータシンは地上最高の幻覚剤の名であるから、それになずらえた名のヒエダとは視覚によって人の認識を変えてしまうスイッチなのだ、と。

意識変容は不可逆であり、一度ヒエダを眼にした人はそれ以前の社会性を保つことができず、常人には理解できない行動をとる。遠延《とおのぶ》の言う基準年以前であればそういう錯乱者は精神障害者として治療の対象となったが、基準年以後、徐々に人間の定義が曖昧になるとともに、不可解な言動についても一律に異常と決めることがなくなってきた。

明確な殺意を持つ殺人者や反社会的行動者はそれとして取り締まられるのだが、たとえば一日中、裸で庭を転がり続ける人が隣にいても誰も異様には思わない程度に、われわれは他者の不審行動を許容するようになった。

それらの意識変化も多くの人がヒエダを見たことで始まったのだと、その説の信奉者は言う。私たちはもう誰もヒエダを知らないが、実は三代前四代前の祖父母曽祖父母たちの半数近くが大なり小なりヒエダ的錯乱を実践したため、今のわれわれの認識の拡がりがあるのだ、と。

だが、それほどの多数が本当にヒエダ体験者なのか、たった一枚の絵を眼にする人の数が全人類の半数にまで達していたのか。そうではない。ヒエダ体験が周囲に感染したからであるというのだ。一人ヒエダ者がいると、その周りの人々はヒエダそのものを見ていなくても、意識の変容を起こすのだ、と。そしてその感染の媒介となったのが盈眩菌だったのだ、と。

さすがにこの意見には疑義が多々あって、今のところ、大風呂敷的な法螺《ほら》とするのが冷静な立場である。とはいえ、ヒエダの絵が何かを引き起こした、という伝聞は今も絶えることがない。

ヒエダ的錯乱、などという言葉は今も忘れられておらず、というより現在では脳菌由来のフィエータシンの効果として現れるフィエータ錯乱と区別されずに用いられている。だが厳密にはフィエータ錯乱は幻覚を主な症状とするのに対し、ヒエダ的錯乱は意識の拡大をさす。

ヒエダ的錯乱にある人は、たとえば数百メートルもの距離をほんの一歩で超えることができるような錯覚に陥り、また一年を数秒の出来事として回想する。いずれも感覚スケールの狂いによるものだが、当人にはその錯誤が認識できないため、多くの事故死者を出したと言われる。ほんの二十センチの段を降りたつもりで数十メートルの崖下に飛び降りている、あるいは、百キロ近くで走る自動車の速度を人の歩み程と感じ、平気でぶつかる、といった場合である。

こうした錯誤行為は周囲の人にとっても危険なので、かつては治療対象として行為者が収容されたこともあったが、現在ではたとえいくらか事故につながるような行動が見られても、できる限り放置することを「人権の保持」と見る場合が増えた。「正常」の範囲をなるべく広げることがここ数十年の動向である。

そしてある人は言う、こうした変化は、われわれの意識が、菌化するための準備なのだ、と。菌化とは個を保持しつつ個のための保護意識を捨てることだからである、と。

またそのヒエダの運搬人とされる男性についてもいくつか語られることがあり、彼の名は伝わっていないが、作者の依頼で絵を受け取り、それを持って世界を歩き回って多くの人に絵を見せたという。

見た人たちは皆何かの奇妙な行為を始めるため、「近づくな」「見れば悪いことが起きる」と言われ、一時は運搬人も忌避された。だが、感染によってなのか、ヒエダ者が増えるに従って、「人の意識を進化させる絵を持つ人」として彼はむしろ歓迎され始め、あげくは救世主のように讃えられた。

だがそうした反応は認めがたい過ちであると断じた運搬人は、あるとき、絵の描かれた画布を木枠から外して丸く巻き、筒状にしたそれを白金製の棒型のカプセルに入れ、どこかの土地の穴に埋めたと言われる。

絵は油絵だったが、油質の変質を防ぐ特別な布とともに巻かれ、カプセル内には窒素を充満させてあるから何百年かあるいは千年以上経っても腐食はしないだろうと言われる。しかし、どこにそれがあるかはもうわからない。すると失われたヒエダを探し歩き、遂に見出した人、手にできないまま果てた人の物語がいくつもできた。見出した人の物語も幸福な結末とはならないものが多い。

と、こういう話がよく聞かれるのだが、さらに、それらの話はすべて表向きの比喩としての物語であって、実は、その白金製のカプセルに封入されたものは絵ではなく、特別に過剰進化した盈眩菌の胞子で、それが世界に広がるともう一気に人類の身体を完全菌化させ、人類そのものを消滅させてしまうという話が裏の伝説として伝わっている。その蔓延を防ぐため、ある技術によって進化盈眩菌胞子をカプセル内に封じ込めてあるというのだ。それというのも進化盈眩菌はいかなる手段をもってしても死滅させることができず、ただ外界と遮断して封じ込める以外に方法がないからである。カプセル内で胞子は休眠状態となっているので、ひとまずわれわれは感染を免れている。

だが、そのカプセルを用意した人は、おそらくこの菌が人類にとって代わることは地球生命体の必然的な運命である、と考え、白金のカプセルの留め金のところだけを銅製にしたという。つまり、何千年かの後に銅が完全に腐食し、留め金が外れたとき、内部の過剰進化盈眩菌胞子が外部へ漏れ、それとともに地上からは種としての人類が駆逐され、完全な菌世界が現出する、遅かれ早かれそれがわれわれの運命である、というのである。

これらの伝説のどのあたりに真が含まれ、どこからが虚偽なのかはわからない。ただ、なんとなく、われわれはいずれすべて茸《きのこ》になってしまうのだろうなあ、というような近年の人類規模の気分のようなものをこれらの伝説は表しているようである。

二つに切る。真っ二つに、完全に同じ大きさに切り分ける。片方を捨てる。どちらでもかまわない。

世界はそうやって形を成してきた。絶え間ない分割と切り捨てが世界を決めてきた。

自分は選ばれなかった一方を捨てる役割にある。

選ばれる、選ばれない、と自分が決めるものではない。誰が決めるのでもない。言うならば運命が決める。簡単なことだ。世界中に爆薬を仕掛ける。それで死んだ者が捨てられたものだ。どんな損なわれた身体であっても生き残ることができたならそれは選ばれた者だ。

世界は、放っておくと、個の繁殖と増殖の欲望により、過剰に生命が繁茂してしまう。それはいつか、地球のキャパシティを超えてなお増え続けるだろう。その先のあるとき、世界は一気に終わってしまう。それは、完全に空気がなくなる瞬間と同じである。数分は耐えられるかも知れないが、それ以上は無理だ。そして、一度この状態に陥ると、全生命が完全に死滅し、そして回復しない。

そこからは、地球生命の発祥からやり直すことになる。数億年かかるだろう。それでも生命が始まればよい。だが宇宙には、常に生命が存在する必要がないのだ。

生命は必然の存在ではない。現在の地球生命体群はたまたま、恐ろしいほどの偶然によってかろうじて生じたものである。それは一度消え去った後、同じ過程を経て再び生じるという保証のないものなのである。

ならば今生きるものたちのため、そのできるだけ長い存続のため、増殖カタストロフに至ることのないよう、常に余剰を刈り取る者が必要だ。それによって完全死滅は免れる。それによってしか免れない。

何を、誰を、生かすか殺すか、それを恣意的《しいてき》に決めようとすると必ず、ある不均衡が生じる。偏った集団だけを残すことになる。だから、可能な限り人為によらない、偶然に委ねた刈り取りが必要となる。

かつては戦争が多数の人命を奪ってきた。実のところそれもまた恣意的で、死ににくい集団と死にやすい集団とがあったが、それでも規模が大きければある程度、層が混じりあった結果となりやすい。

だが、あまりに過酷な戦争を多く経験した人類は、徐々に、大規模戦争を回避する方法を模索し始め、それはある時期から有効なものとなった。

すると人口が過剰となる。食物の不足からまたも戦争が始まるかと思われたが、科学の長足の進歩が、理論上およそ二百億人までの人口を支えることを可能にした。

であれば、まだ余裕があるかに見える。

だがそれではいけないのである。実のところ、地球が耐え得る人類の数はぎりぎり百億人くらいまでである。これを限界個別生命量と呼ぶ。限界個別生命量を超えたとき、突然の、人類を含めた全生命の死滅が起きる。

なぜ人類の数が問題かと言うと、限界個別生命量はその言葉通り個別性の量で決まるからである。単細胞生物はじめ単純な生物はその個々の差がほぼない。昆虫でも種と、種の中での役割の差しかない。するとそれらは一種類でひとつの存在と、地球からは数えられることになる。

哺乳類くらいになってくるとようやく個別性というものが見え始め、だがそれも同種内では集団単位の差と見なされる。だが人間となると完全に個別の意識と欲望を持つことになる。むろん、その欲望や意識はある程度の平均性、凡庸性を持つもので、大多数の人々は過剰に個性的ではない。だが人口が増えれば特異な存在も増えてゆく。そして生命量は生物の数ではなく、独自として異なると認められる生物の、個の数で決まる。ある昆虫はその種類で生命量、一、だが、人間は十人いれば生命量、十、なのだ。人間が一人増えれば、新種の生物が一種増えたのと同じ計算になる。

個別性と言うと分かりにくいので、仮に、人間とそれ以外の生命の差を魂の有無である、という不正確な譬《たと》えによって言い直せば、人間以外の生物は希薄で集合的な魂しか持たないが、自分という区分を意識できる人間は明らかに一人一人異なった魂を持っている。そして地球にとって、人以外の全生命のそれに加えて、人間たちの百億以上の魂は重すぎるのである。

それで自分たちは、毎日、懸命に人類の刈り取りを進めている。

限界に達しないよう、常に増え続ける人類を減らしている。現在の半数にすることが目的である。この仕事を続ける自分たちは世界中に多数いる。

誰から教えられたわけでもない。敢《あ》えて言うなら地球からの発信によって個別生命量思想は生じた。おそらく、世界同時に、お前は、人間たちを刈り取れ、という指令を受けた者がいる。自分たちは、ある日、不意に、すべきことを自覚するのだ。

とにかく、多くを殺さねばならない。

その手段も与えられた。爆殺は効率的な刈り取り手段だが、現在、爆薬は誰でも簡単に手に入れられるものではない。だがここにウツノタマタケという奇跡の茸《きのこ》がある。白くて丸い粒のような茸だ。これはその丸い子実体の内部に奇妙な空間を持つ。大きさは小指の先から大きくても拳《こぶし》くらいまでだが、その中には百トン分以上のものを入れることができる。しかもそれだけの物質が入っても重さは変わらない。粒は中空の袋状で、一箇所に穴が開いている。そこへ、できるだけ比重の高い物体を細い紐《ひも》状にして入れ込んでゆく。その程度の太さなら永遠に近いほども手繰り入れることができる。

一つ準備するのに半年はかかる。ずっと紐状の軟らかい金属線か何かを入れ続ける。

ウツノタマタケは外から入れる物は大変な量まで呑み込むが、もとからある穴以外の部分を少しでも傷つけると中の空間が壊れ、中にあった物体が一瞬で外へ出てしまうので、その圧力が爆発と同じ威力となる。

ウツノタマタケを中に仕込むための小さい器具が工夫されている。時間が来ると針の先位の刃物がウツノタマタケの一部に刺さるようになっていて、それによって手に載る程度のカプセルが建物一つを吹き飛ばすほどの威力を発揮するのだ。

ウツノタマタケの内部には「亜空間」があってどうとか、という論文を書いた学者がいたが、速やかに学界から抹殺された。それは人類にとって危険な知識だからである。なお自分たちはその学者からウツノタマタケの使い方を教わっている。

ウツノタマタケを採取するには技法が必要だが、知識があれば難しいものではない。自分も見込みのある者に教えている。

刈り取りは、だから常に複数の、互いを知らない、指導者や司令部のない群によってあちこちで行われる。

つらい作業である。自分は人を殺すことを楽しんではいない。

だが、ひとつ、希望が見えてきた。

近年は、盈眩菌の感染によって、人格を無化されてしまう人が増えてきている。最終個性と呼ばれる、決して失われない個別性を持つごく少数の人間以外は、盈眩菌の体内増殖とともに精神を侵され、ほぼ無意識の、菌と変わらない存在となってゆく。

するとそれは個性としてはカウントしなくてよくなるので、どれだけ増えても個別生命量は増えないのだ。

自分は、自分たちは、望んでいる、盈眩菌がほとんどの人間をただの茸に変え、個別でない安全な生命量を保持させることをだ。

地上が茸に覆われ、個というものが僅かにしかなくなった地球は、さぞ静かで安らかだろう。

「渡し物」と呼ばれる習慣の起源はよくわからないが、盈眩菌蔓延の時期とともに始まったのは確かである。

だがそこに因果関係を見ることはできない。「渡し物」は社会的習慣であって、病理的な理由で行われるものではない。ただ、盈眩菌感染者の心理的変容としての、自他の交換、所有意識の希薄化というような傾向に添う行為であるとは言える。

それまで所有していたものを人に渡し、相手からも何かを受け取る。

それだけのことなのだが、その相手が初めて出会った人であることが条件で、友人知人となった相手に渡し物は行われない。

そこに未知への投機のような意味を読み取った社会学者もいたが、現在のところ、やはり何を意図してなぜ世界的に続いているのか、明確に説明することはできない。行為者の誰に尋ねても、なんとなく、習慣だから、というような答え以外が聞かれたことはない。研究者自身がそのようにしか言えないという自覚を報告した。

それは自分の意志の一部放棄ではないか、と語る哲学者もあった。

ともあれ、未知の相手には何かの交換を行うということが、ここ数十年続いていて、そのことはほとんど拒まれていないのである。

ただ変化はある。最近では、具体的な物体を差し出すことよりも、短い言葉を書いた紙片か、あるいは電子的な言語情報を相手の機器に送る、というやり方が増えた。

これに、ある文学者が反応し、次のように語った。

「それは言葉を物体と同様に扱う行為であり、あるいは、いつか人類が消え去っても、言葉だけは残すという全体的な意志の表れではないか」

とはいえ、言語はその意味の体系を知らなければ伝わることはない。よって、いかに言葉を文字の記録として残したとしても、人類が完全に絶滅した場合にはそれを読みとることはできない。だがその文学者はこうも言った。

「人類がいない世界で、どこかから来た知的生命体が、どうも何かを記録するらしい記号を見つけたなら、必ずそれを解読しようとするだろう。遺跡が文字だけではないなら、彼等はそこから何かを読み取ることができるに違いない。ただしそれは現在の私たちが用いているような意味ではないかもしれない。それでも、何かが伝わるならそれでよいではないか」

菌部屋《きんべや》と呼んでいる。

六畳一間なのだが、床も壁も天井も、白くて厚い膜でおおわれている。というか、大きな袋状の茸がわたしの部屋全体に広がっていて、わたしはその中にいる。膜は菌性で、名は知らないが茸袋《きのこぶくろ》とでも言っておこうか、部屋から外へ出せばほぼ球体の、バルーンのような巨大オニフスベのようなものになると思うけれども、今のところまだ部屋の外に取り出せていない。こんなになった今となっては無理だと思う。だから膜は部屋の形に合わせ四角に張っている。

この部屋は全くひとつだけで風呂もトイレもついていないのだが、この菌膜のおかげでどちらも不要になった。

排泄したい時は室内どこででもよい。すぐに膜が吸収して色も臭《にお》いも残らない。茸袋が強烈な酵素でたちまち分解して自分の栄養とするのだ。

床に張った膜にはところどころ、大きなクッションのような出っぱりがあって、ここに座るとすぐ膜が広がってきて身体を包んでしまう。そして皮膚上の老廃物も抜けた髪も、わたしの身体が不要とした物質はこの茸袋の膜が全部舐《な》めとるように食べてしまう。すぐに肌がつるつるになる。洗剤も保湿剤も要らない。最上のスキンケアだ。茸袋にとってわたしは大切な栄養供給装置なのだ。

だからそこに座るときは全裸である。というか室内では大抵全裸である。袋内は暑くも寒くもない。それでエアコンも要らない。

わたしはというとこの菌膜をところどころ切って食べることもできる。生食可能だが、電熱器を内部に持ち込んで加熱したり調理したりもできる。

持ちつ持たれつでやっている。

とはいえわたしは茸袋膜食だけでは満足しないので何か他のものを食べたいときや仕事で必要なときは部屋の扉にあたるところの膜を切り開いて外へ出、用を済ませるとまた戻る。戻る頃には膜は完全に閉じて傷はなくなっている。そこをまた切って入る。だからカッターナイフは必携《ひっけい》だ。手で引きちぎるのはとても難しい。膜は弾力があって、一部が破れてもすぐに修復する。

仕事といっても、まあその、ある特殊な漫画を描いては年二回のマーケットで売ることでほぼ一年間の生活費を稼いでいる。特殊分野の読者が一定数いてくれるのでどうにか暮らしていける。今では情報ファイルで原稿を送るだけで印刷製本まで引き受けてくれる印刷所と契約していて、販売も信用できる人に委託しているので、必需品を買う以外はあまり外部に出る必要がなくなってきている。

心から幸いなことに電波はすべて膜を透過する。携帯端末ひとつあれば外部との連絡が可能なので情報的にも不自由がない。仕事上、ＰＣも使うが、連絡はすべて無線で行う。

大容量の情報ファイルを送るさいはメールでは無理なので、鍵付きのサイトに置いておいて、持って行ってもらう。

充電だけがやや面倒で、コンセントのある箇所を切り開き、プラグを差し込むが、あまり長くやっていると膜がプラグを押しのけて穴を修復してしまう。互いの根競べと見極めといったところだ。

袋内では仕事をしているか、何か食べているか、身を綺麗にしているか、映像を見、あるいは音楽を聴く、あるいは本を読むか、で、他は寝ている。最近は寝る時間が大幅に増えた。いずれずっと寝っぱなしになる予感がある。それでいられるならかまわない。

人を招くこともできるが、相性があって、この菌袋に合わない人はすぐ気分が悪くなって長くいられない。その相性はわたし自身と気が合うかどうかとは関係がない。

袋内には茸袋の胞子が充満しているからだ。これに耐えられる人だけが袋内で暮らせる。

そしてしばらくここにいた人はきっと身体に胞子をいっぱいつけて外へ出てゆくのだろうと思う。するといずれその人の部屋に菌袋ができ始めるかもしれない。だがわたしはどうしてこんな変な茸と暮らすことになったのだろう。そういう部屋に招かれたこともないのだが、どこで胞子をもらってきたのだろう。

友人と相互映像で話していたとき、相手がこんなことを言った。

「きのこってさあ、腐ったもん好きじゃん。あんたすごく腐ってんもんね。だからだよ。それ、腐女子飼育菌じゃね？」

知るかと答えた。

この間、外へ出ようとして、ただし、まだカッターを使わず扉を中から押し開けたとき、なにか膜の伸びがよい気がして、じゃあこのまま出たらどうなるかな、と思って押し続けたら、わたしが外に出ても伸び続けてきた。

これ、近くのコンビニまでこの膜に入ったまま行けるものなんだろうかと思って膜越しに歩き続けていると、入口から十メートルくらいのところでぴちっと切れたので、とうとう破れたか、と思ったが、わたしを包んでいた部分が意外な勢いで自己修復して、わたしは独立した小さい袋の中に閉じ込められてしまった。

膜にはミクロな穴が無数にあって僅《わず》かに空気の流通はあるらしいので特に苦しく

はないのだが、外から見るとわたしは人間大のオニフスベである。白くて丸いものが転がるようにして店まで進んでゆくのだった。中空の大きな毬《まり》の中で歩きながら転がしているわけで、ちょっと面白いが、これでは前が見えない。それで外を覗けるよう一部カッターで切ってみたら、そこから破裂するわけでもなく、ゆるゆると修復してゆく。

大きく切り裂けば外へ出られることはわかっていたが、やっぱりなんとなく面白いので、小さい穴をあちこちに開いては外を確認しながら、コンビニに到着した。

道中出会った人も店にいる人も、なんだこれは、という顔だっただろうけれども、茸の多様性にはもう皆、慣れているし、騒がれることもなく、わたしは必要だった海苔《のり》弁当とペットボトル入りの茶を膜越しに手に取ると、レジの前に立ち、一部空けた穴から金を出して、弁当と茶を受け取った。

帰りも作った穴から覗き覗き、アパートまで来た。扉開きっぱなしだったのに気づいて、こりゃまずいと思ったが、しかし扉内は真っ白な膜があるし、今回はまあ大丈夫だろうなと思って近づくと、わたしのいる小さい袋がするするると本体に引っ付いて、そのまま部屋内の袋の一部になり、わたしも室内にいた。

こういう機能があると知ってからはときどき、菌膜球体の中に入ったまま、外出したりしている。視覚が利かないのであまり大したことはできないが、なんか室内から出ない気分が好ましい。

これもそれもで、いつかはこの茸袋の中からもう外に出ることもなくなるんだろうな、そして中で死ぬまで寝ているんだろうな、と思う。それも悪くないと思う。

わたしは五歳の頃、同年の子たちとうまく遊べなかった。

幼稚園にいるとき、何か言われてもうまく答えられなかったし、自分から何か言うのもできなかった。

相手が何を意図しているかよくわからないことが多いので、仕方なく同じ言葉を返した。それが重なると相手の子は怒りだし、いつもごめんなさいとあやまった。遊ぼうと言われてもルールがわからず、相手の言うままに動いていると、なんだか相手は不満そうにしてきたのでわたしはまたごめんなさいとあやまるのだった。

遊戯のとき、先生からこうしなさいと言われたことは正確にできた。だが、自分で決めろと言われるとできない。それで大抵、隅の方で一人ぽつんとしていた。それがつらいわけではなく、みんなに加わって行動する方がつらかった。

よく持ち物を取られた。返して、と言えず、親が見ていない所では取られたままのことが多かった。母はよく家にわたしと同年の隣の子を招いた。すると、相手が欲しいというおもちゃを手渡して、楽しそうにいじる子の横で、わたしはスケッチブックに絵など描いたり、何も手になければ小さい声で歌を歌ったりしていた。人の感情が強く迫ってくるのが怖くて、その圧力に耐えるくらいなら自分の所有物を手放す方が楽だと感じたのだった。

親たちがそれを見つけると「あらまあ、うちの子がすみません」「いいえ、この子は気が弱くて」といった会話が始まるのだが、後で母から「これからは自分で取り返しなさいよ」と言われた。

だが、わたしの手にあるものは何でも欲しい、欲しい、という目の前の子の心の引力が強くて、わたしには最初から抵抗する気がなかった。

隣の子一人ならそれでも少しは気心が知れていたのでなんとか合わせることもできたが、戸外の公園のような広い場所で何人もの子供たちの間にいると、そのいくつもの渦巻きのような感情の動きにふらふらになり、そのうちひどく心細くなって、大抵は泣きながら母のもとに走ってゆくのだった。

母はときおり父に相談していたようだが、一人でいるかぎり何の不満もないわたしを見て、後々よくない影響が出ないか気遣いつつも、幼稚園の外では無理に他者とつきあわせることをしなくなった。

わたしはそれで大変心安らかに過ごせるようになった。

わたしの家は古く大きく、庭が広かった。だからそこを歩き回っていれば飽きることがなかった。

大きな石を枠にして組み合わせ造られた築山《つきやま》があって、石の間から生えて繁る低木の下にはよく茶色の蜥蜴《とかげ》がいた。木の合間をするすると走り、ときどき止まってはくるくる動く頭と眼で周りを見回している蜥蜴が好きだった。ずっと見ていると自分が蜥蜴くらいの大きさになって、巨木の間を走り回っている気になった。

欅《けやき》の木が何本かあり、夏にはそれらに蟬《せみ》の幼虫が上って、脱皮し、成虫となった。たくさんの抜け殻が残っているのもよかったが、一番うれしいのは、朝早く、脱皮途中のところを見ることで、幼虫の背中が割れて、まだ緑色で羽がしわしわの蟬が出、それが懸垂《けんすい》のようにくるりと翻《ひるがえ》った後、じっとして羽が伸び身が乾くのを待って飛び立っていくまでの様子を眺めていた。

棕櫚《しゅろ》の木もあった。髭のような茶色の毛におおわれた幹から伸びる、たくさんの尖《とが》った細い葉に風があたると、えりえりえり、と顫《ふる》えるように揺れるのが不思議で面白かった。

ときどき、猫が来た。でもあまりとどまらず、わたしを見かけるとさっと逃げた。

小さな花壇があり、季ごとに花が咲いた。わたしは青紫の風船のような桔梗《ききよう》の花の蕾《つぼみ》が好きで、見つけると指で、ぽん、と潰したが、それをやると花がうまく咲かないからやめなさいと父に言われてからは、我慢して咲くのを待った。

夏には私よりも背の高い向日葵《ひまわり》が大きな顔で見おろしてきた。あんまり大きくて怖いくらいだった。

百日紅《さるすべり》もあった。木瓜《ぼけ》の花もあった。木瓜の木にはときどき、一見、木の皮と見分けのつかない大きな虫がついた。そんなのがいると気づくと怖かったが、あまり動かないので少し安心して見ていた。父がときどきその薄茶色い虫を箸でつまんで捨てていた。それらはどれも表の庭だったが、裏庭にゆくと、花の類はなく、土蔵と柿の木との間に苔が広がっていた。

ある日、表から回って裏庭に来ると、土蔵の脇の、ちょうど昼もずっと日陰になるあたり、苔の緑の中に鮮やかな赤色が見えた。

赤いボールペンの蓋かな、と思って近づいて見ると、小さな、その頃のわたしの親指くらいのきのこだった。それがただひとつだけ、ぽつんと出ていた。

直径二センチくらいの砲弾型の赤い傘があり、それを支える細い柄は黄色かった。傘のところは蠟《ろう》細工のようにつやつやして、作り物にしか見えなかったが、よく見ればやはりきのことわかった。

触ってみようか、とよほど思ったが、なんとなく可憐すぎて、ひょっとしたら触るだけでしぼみそうな気がしたのでやめた。そばにしゃがみこんで、長い間見つめていた。

するとただひとつだけ、ぽつんと日陰にいるこのきのこがなんだか他人に思われない気がしてきた。いや、他人なのだが、いつもわたしが気を圧されてしまう人間の子供たちと違って、この相手は圧してこない、けれども生きている、別の生には違いない、と、今からならそんなふうに説明できるが、そのときは言葉にもならないまま、自分に初めて友達が見つかった、という気持ちになった。

もの言わない、何も働きかけてこない友だ。だがそれが何だろう。こんなに可愛らしい、小さい、少し押せば潰れてしまいそうな、貴重な、綺麗な、何か。きのこ、とはわかっていたが、わたしにはそれを何と呼んでよいかわからない、誰か、と感じた。

この誰かは、わたしのようにはものを考えないかもしれないが、確かにここにいる。それは人間が一人いるのと変わらない。こんなことも今になって言える言葉だが、そのとき、わたしは、きのこと人とが生物としては変わらない存在であることをなんとなく感じていたのだ。

わたしは、自分が、言葉を持つ生き物であることを生かし、自分とは別次元の生き物に話しかけた。それが自分にできるすべてと思った。わたしは相手が人間であると対話ができにくくなってしまうが、言葉は豊かに持っていた。その頃すでに字が読め、いくらか漢字も知っていた。本なら何冊も読んだ。語彙《ごい》は少なくなかった。わたしは赤いきのこに話しかけた。何を語ったかはもう憶《おぼ》えていない。だが、ひとつひとつ、大人にも子供たちにもなかなか語ることをしなかった、自分の何かを伝える言葉を、長い間、小さいきのこに伝え続けた。

さすがに何時間もそうしてはおらず、そろそろ夕刻になりかかった頃、ある程度思いのたけを話したと感じてそこを離れた。明日もまたおはなししよう、と思ってその日は屋内に戻った。

次の日、目覚めるとすぐ、裏庭へ向かった。

今日もそこには赤いきのこがいた。わたしはまた近寄ってしゃがみこみ、話しかけようとした。

すると後ろから私の名とともに「どうしたね」と言う父の声が聞こえた。この日は日曜日で、朝から父が何かの作業をしていたのだ。

わたしは「ここに、きのこが」と答えた。父にもこの可愛らしさを知らせたいと思った。

父は近づいてきて、「ほお」と言うとかがんできのこを見た。

「これは毒きのこだ。触ったら駄目だよ」

父はそう言い、

「危ないからこうしておこう」と言って、赤いきのこを踏み潰した。

わたしは何も言えず、どうしようもなく、そこで潰れたきのこを見ているしかなかった。

それだけなのだが、このことは、きっと一生忘れない。

参考文献

『菌類のふしぎ　形とはたらきの驚異の多様性』（国立科学博物館叢書）国立科学博物館（編）細矢剛（責任編集）東海大学出版部
『標準原色図鑑全集14　菌類　きのこ・かび』今関六也（著）保育社
『きのこ』（山渓フィールドブックス7）上田俊穂・伊沢正名（著）山と渓谷社
『原色日本樹木図鑑』岡本省吾（著）北村四郎（補校）保育社
『きのこ検定公式テキスト』ホクトきのこ総合研究所（監修）実業之日本社
『都会のキノコ図鑑』都会のキノコ図鑑刊行委員会（著）長谷川明・大舘一夫（監修）八坂書房
『少女系きのこ図鑑』玉木えみ（著）飯沢耕太郎（監修）DU BOOKS
『ときめく図鑑Pokke! ときめくきのこ図鑑』堀博美（著）吹春俊光（監修）桝井亮（写真）山と渓谷社
『きのこ』（ちいさな手のひら事典）ミリアム・ブラン（著）いぶきけい（編）グラフィック社
『きのこの絵本』（ちくま文庫）渡辺隆次（著）筑摩書房
『きのこの迷宮』（知恵の森文庫）小林路子（著）光文社
『マイコフィリア　きのこ愛好症 知られざるキノコの不思議世界』ユージニア・ボーン（著）吹春俊光（監修）佐藤幸治、田中涼子（訳）パイインターナショナル
『考えるキノコ 摩訶不思議ワールド』（LIXIL BOOKLET）飯沢耕太郎、大舘一夫、吹春俊光（著）佐久間大輔（監修）LIXIL出版
『マジカル・ミステリアス・マッシュルーム・ツアー』飯沢耕太郎（著）東京キララ社
『きのこ』（乙女の玉手箱シリーズ）とよ田キノ子（監修）グラフィック社

『きのこる キノコLOVE111』堀博美（著）山と溪谷社
『森のきのこ、きのこの森』新井文彦（著）白水貴（監修）玄光社
『見つけて楽しむきのこワンダーランド』（森の休日4）吹春俊光（著）大作晃一（写真）山と溪谷社
『菌世界紀行――誰も知らないきのこを追って』（岩波現代文庫）星野保（著）岩波書店
『光るキノコと夜の森』大場裕一（解説）西野嘉憲（写真）岩波書店
『きのこの話』（ちくまプリマー新書）新井文彦（著）筑摩書房
『キノコの教え』（岩波新書）小川眞（著）岩波書店
『日本人ときのこ』（ヤマケイ新書）岡村稔久（著）山と溪谷社
『ベニテングタケの話』（ヤマケイ新書）堀博美（著）山と溪谷社
『粘菌生活のススメ：奇妙で美しい謎の生きものを求めて』新井文彦（著）川上新一（監修）誠文堂新光社
『美しい変形菌』髙野丈（著）パイインターナショナル
『地球の長い午後』（ハヤカワ文庫SF）ブライアン・W・オールディス（著）伊藤典夫（訳）早川書房
『夜の声』（創元推理文庫）ウィリアム・ホープ・ホジスン（著）井辻朱美（訳）東京創元社
『マタンゴ』本多猪四郎（監督）東宝特撮映画DVDコレクション第15号　デアゴスティーニ
『ミツバチのささやき』ビクトル・エリセ（監督）HDマスター　DVD　IVC，Ltd.
『虫けら様』秋山亜由子（著）青林工藝舎
『FUNGI-菌類小説選集 第Ⅰコロニー』（ele-king books）
オリン・グレイ、シルヴィア・モレーノ＝ガルシア（編）野村芳夫（訳）飯沢耕太郎（解説）Pヴァイン
『きのこ文学名作選』飯沢耕太郎ほか（著・編）港の人
『胞子文学名作選』田中美穂（著・編）港の人
『きのこ漫画名作選【改訂版】』（ele-king books）飯沢耕太郎（編）Pヴァイン
『きのこ文学ワンダーランド』飯沢耕太郎（監修）玉木えみ（イラスト）DU BOOKS
『きのこ文学大全』（平凡社新書）飯沢耕太郎（著）平凡社
『フングス・マギクス――精選きのこ文学渉猟』飯沢耕太郎（著）東洋書林

第二章「思い思いのきのこ」は
「日々のきのこ」の題名で
『文學界』二〇一〇年二月号に掲載したものを
改題して収録しました。

編集協力　田中優子（みにさん・田中優子事務所）

日々のきのこ

2021年12月20日　初版印刷
2021年12月30日　初版発行

著者　高原英理
装丁　名久井直子
装画　ヒグチユウコ
発行者　小野寺優
発行所　株式会社河出書房新社
東京都渋谷区千駄ヶ谷二-三二-二
電話　〇三-三四〇四-一二〇一（営業）
〇三-三四〇四-八六一一（編集）
https://www.kawade.co.jp/
組版　株式会社キャップス
印刷　株式会社亨有堂印刷所
製本　大口製本印刷株式会社

Printed in Japan
ISBN978-4-309-03015-9